L'ACADÉMIE

UNE AVENTURE DE SCIENCE-FICTION
FANTASTIQUE POUR JEUNES ADULTES

LA SÉRIE EVERS
TOME DEUX

MARIE-HELENE LEBEAULT

Première publication par Beaches and Trails Publishing 2025
Copyright © 2025 par Marie-Hélène Lebeault
Tous droits réservés.

Ceci est une œuvre de fiction.
Première édition

Traduction : Marie-Hélène Lebeault
Correction et révision : Sarah Fons
Couverture : GetCovers

À tous les élèves qui ont manqué leur cérémonie de remise des diplômes et leur bal de promo à cause de la COVID-19.

CHAPITRE I

LA NOUVELLE

L ola était plus que nerveuse. Elle tripotait la clé dans sa poche, se demandant si elle devait la sortir ou non. Si elle le faisait, une porte apparaîtrait et elle devrait la franchir. Bien sûr, elle n'irait pas seule. Phyllis, sa tante et tutrice légale, l'accompagnerait. En fait, Phyllis se tenait juste à côté d'elle, attendant silencieusement qu'elle rassemble son courage. Elle n'avait pas eu assez de temps pour se préparer à cela.

UNE SEMAINE PLUS TÔT, Lola avait reçu une lettre d'acceptation pour une université dont elle ignorait l'existence et une convocation à se présenter à L'académie ce jour-là pour l'orientation. Deux semaines avant cela, Lola avait quitté la maison qu'elle partageait avec sa mère à Baltimore pour emménager dans le manoir des Evers à Williamsburg, en Virginie. Sa tante l'avait gracieusement accueillie après le décès de sa mère. Là-bas, elle avait rencontré son père, mort depuis plus de treize ans, qui avait voyagé dans le futur avec sa clé. Elles n'avaient pas encore compris comment il s'y était pris. Le jour de son seizième anniversaire, il avait disparu de nouveau dans le passé et, bien que Lola soit reconnaissante d'avoir eu ce temps avec lui, il lui manquait toujours.

Elle avait également rencontré un garçon nommé Jackson, et était tombée amoureuse de lui. Il vivait et travaillait sur le domaine. Il était principalement leur chauffeur, comptable et jardinier, mais il effectuait aussi toutes sortes de tâches que Phyllis, et maintenant Lola, lui confiaient. On avait délicatement suggéré que Lola et Jackson pourraient se marier à un moment donné. Au début, l'idée avait déplu à Lola, mais elle s'y était depuis réchauffée. Jackson était magnifique et pratiquement parfait en tout point. Il n'avait pas été ravi à l'idée que Lola participe à un programme d'été de deux semaines pour futurs Gardiens dans une académie dont personne n'avait entendu parler.

— Qu'est-ce que tu veux dire par tu vas à Poudlard ? s'était-il exclamé alors qu'elle lui tendait la lettre.

Après l'avoir lue lui-même, il s'était tourné vers Phyllis, agitant la lettre un peu trop vigoureusement et avait demandé :

— Vous avez une idée de ce dont il s'agit ?

Phyllis avait une expression perplexe sur le visage.

— Pas du tout ! Je n'ai jamais entendu parler d'un tel endroit. Simon et moi n'y sommes certainement jamais allés, et je me souviendrais s'il y avait eu la moindre discussion à ce sujet quand j'étais jeune, avait-elle dit, visiblement contrariée.

Elle avait commencé à plier sa serviette en tissu et à réarranger son couvert. Comme si elle se parlait à elle-même, elle avait ajouté :

— Je devrais appeler M. Radcliff pour voir ce qu'il en sait. Peut-être que Boris saurait. Ça semble tout à fait officiel.

Lola avait bêtement suivi la conversation, regardant l'un et l'autre, vaguement consciente qu'ils parlaient d'elle comme si elle n'était même pas là et qu'elle devrait intervenir. Mais elle était encore sous le choc et bientôt leurs voix s'étaient estompées dans son esprit. Il lui était alors venu à l'esprit qu'elle avait complètement oublié Jane. Elle devrait vraiment monter voir si elle était réveillée. C'était déjà assez mal qu'elle soit allée se coucher sans un mot après la fête de la veille au soir. Mais elle ne semblait pas pouvoir se lever de table.

Certes, la clé pouvait ouvrir une porte vers à peu près n'importe quel endroit du monde. C'était un avantage amusant. Ça devait être de la magie ; il n'y avait pas d'autre explication. Et les Archives, l'ancien livre qui contenait les incantations dont ils avaient eu besoin pour retrouver Phyllis lorsqu'elle avait été accidentellement kidnappée, devaient également être magiques. Mais jusqu'à ce moment précis, la vérité n'avait pas vraiment eu le temps de faire son chemin. Lola avait été tellement excitée de rencontrer son père, un voyageur temporel, que tout le reste avait semblé secondaire. Mais maintenant, elle devait non seulement fréquenter une école de magie à l'automne, mais aussi participer à un camp d'été magique dans moins d'une semaine.

Sans un mot, Lola s'était levée et avait commencé à quitter la pièce, mais Jackson avait alors attrapé son bras.

— Lola, tu nous écoutes au moins ? avait-il demandé sèchement, la bouche serrée d'agacement à peine contenu.

Elle avait penché la tête vers lui et répondu honnêtement :

— Pas vraiment. J'ai décroché après avoir entendu Phyllis mentionner M. Radcliff.

Quand il avait commencé à froncer les sourcils, elle avait rapidement ajouté :

— Désolée. C'est juste que je devrais aller réveiller Jane et m'excuser pour hier soir.

— Non, c'est moi qui suis désolé. Je ne devrais pas t'importuner. Ce n'est pas ta faute et il est normal que tu sois sous le choc. Je le serais aussi, avait-il répondu d'un ton plus doux, bien que son visage soit resté sombre. Et ne t'inquiète pas pour Jane. Nous lui avons dit que tes parents te manquent et que tu avais besoin d'être seule hier soir. Elle s'est retirée peu après toi, avait-il expliqué.

Lola avait hoché la tête, mais s'était ensuite retrouvée debout près de la porte, ne sachant pas quoi faire ensuite.

Phyllis semblait avoir été la première à se ressaisir. Elle s'était levée, avait fini son café, essuyé sa bouche délicatement avec sa serviette, et annoncé :

— Ne t'inquiète pas, Lola. Nous allons tirer ça au clair ! Je vais appeler M. Radcliff, et si je n'obtiens pas de réponses de sa part, j'appellerai Boris. Occupe-toi de ton invitée et ne pense plus à ça.

En partant, elle avait embrassé Lola sur la tête et lui avait serré le bras.

— Peut-être qu'ouvrir tes cadeaux pourrait te changer les idées. Il y en a un de ma part dans le tas.

Elle était presque dans le couloir quand elle avait lancé à Lola :

— Joyeux anniversaire, Lola !

À ces mots, Lola avait commencé à glousser. Bientôt, elle riait si fort que les larmes coulaient sur son visage tandis qu'elle criait : « Joyeux anniversaire, Phyllis ! » pour que sa tante puisse l'entendre dans le couloir menant à la bibliothèque. Ses côtes lui faisaient mal et elle haletait. Jackson s'était agenouillé à côté d'elle et lui avait demandé si elle faisait une crise de nerfs.

— Non, bien sûr que non. Bien que ce puisse être une réaction tardive à tout ce qui m'est arrivé ces deux derniers mois, avait-elle dit en reprenant son sérieux.

Lola était montée chercher Jane et elles avaient ensuite passé la journée à ouvrir des cadeaux et à traîner ensemble. Elles avaient déjeuné tard, mais trop vite il avait été temps pour Jane de rentrer chez elle, et elle et Jackson avaient accompagné Jane à l'arrêt de bus.

Il leur avait fallu quelques jours, mais ils avaient finalement compris le fond de la convocation à L'académie. M. Radcliff n'avait aucune information à partager, même après une conversation avec M. Radcliff senior. Boris, en revanche, avait beaucoup à dire. Il était consterné d'apprendre que ni Simon ni Phyllis n'avaient fréquenté L'académie, bien qu'il ait dit ne pas être surpris parce qu'ils étaient américains. Phyllis, manifestement offensée par le mépris évident de son amant pour ses origines, avait expliqué à Lola et Jackson que tous les enfants des familles possédant une clé participaient au programme d'été de treize à dix-sept ans pour apprendre à connaître les Ancêtres et à utiliser la clé de manière responsable.

Les Gardiens potentiels étaient automatiquement inscrits à L'académie soit après avoir terminé le lycée, soit au décès du Gardien actuel. Comme Simon n'avait pas fréquenté L'académie et avait continué à utiliser sa clé pour voyager non seulement dans l'espace mais aussi dans le temps, L'académie n'avait été informée de sa mort qu'au seizième anniversaire de Lola.

Lola avait été stupéfaite de la rapidité avec laquelle la lettre était apparue chez eux, mais après tout, cela devait être de la magie. Apparemment, elle devait se présenter avec son tuteur légal à l'heure convenue et trouverait des réponses à toutes ses questions. Elle serait ensuite autorisée à rentrer chez elle pour faire ses bagages et dire au revoir à sa famille avant de repartir à L'académie pour son séjour de deux semaines.

DE RETOUR DANS LE PRÉSENT, Lola prit une profonde inspiration, sortit la clé et pensa *L'académie*. Une porte apparut. Phyllis sourit et lui prit la main. De l'autre, elle tendit le bras et ouvrit la porte.

CHAPITRE 2
L'ACADÉMIE

La porte s'ouvrit sur ce qui ressemblait à un grand hall. En se retournant, Lola remarqua que la porte les avait fait entrer près de l'entrée principale, une paire d'énormes portes en chêne, dont l'une était ouverte pour laisser entrer l'air de l'après-midi. L'air était plus frais que chez elle dans le Sud ; premier indice sur l'emplacement de L'académie.

En observant son environnement, elle vit que le hall donnait sur trois pièces : deux de chaque côté et une troisième droit devant, toutes dotées de portes-fenêtres surdimensionnées. Elle ne pouvait pas voir l'intérieur des pièces car les vitres étaient givrées. Lola imaginait de grandes salles de bal et des salons comme ceux de ses romans préférés de Jane Austen. De chaque côté de la pièce centrale se trouvaient deux escaliers massifs menant au premier étage. C'est alors qu'elle vit que des tables avaient été installées et que des gens faisaient la queue devant elles.

Sans un mot, Lola et Phyllis se placèrent dans la file. Des adolescents apparaissaient par des portes avec leurs parents et se précipitaient pour se retrouver dans des salutations joyeuses. Lola observait les arrivées, tournant la tête dans toutes les directions pour essayer de tout saisir et espérant voir quelqu'un qui semblait aussi désorienté qu'elle. Elle était tellement

7

absorbée par l'agitation autour d'elle qu'elle ne remarqua pas qu'elles étaient maintenant en tête de la file jusqu'à ce que quelqu'un aboie :

— Nom ?

Lola sursauta et commença immédiatement à s'excuser.

— Je suis désolée, c'est ma première...

Elle se retourna pour regarder la personne qui faisait cette demande. Elle n'eut jamais la chance de finir sa phrase car là, assis à la table, demandant son nom de manière plutôt impolie, se trouvait un homme très petit avec une barbe exceptionnellement énorme. Lola tendit la main vers Phyllis mais se retrouva bientôt évanouie sur le sol.

Elle se réveilla dans une petite pièce avec une sorte d'infirmière qui lui pressait un linge frais sur le front.

— Phyllis ? demanda-t-elle paniquée.

— Je suis là, ma chérie, répondit Phyllis en s'approchant. Tu t'es évanouie ! Tu tiens ça de moi, c'est sûr.

L'infirmière lui passait une lumière devant les yeux et lui demanda de suivre son doigt du regard. Satisfaite de la performance de Lola, elle déclara qu'il n'y avait pas de commotion cérébrale et demanda à Lola si elle se sentait assez bien pour s'asseoir. En se redressant, Lola remarqua qu'il y avait une autre personne dans la pièce avec eux. Un homme grand, d'apparence éthérée, aux longs cheveux blancs, bien qu'il ne semblât pas assez vieux pour avoir des cheveux si blancs, lui souriait. Quand elle lui rendit son sourire, il glissa une mèche de ses cheveux derrière son oreille très pointue et lui fit un clin d'œil. Lola n'était visiblement pas à jour sur son folklore fantastique. *Si c'est un elfe, qu'est-ce que c'était que cette autre chose assise à la table ?*

Le bel homme s'approcha, se pencha et lui prit la main.

— Bienvenue à L'académie, Lola. Je suis le directeur Lianon, dit-il gentiment.

— Bonjour, monsieur, fut tout ce que Lola put balbutier.

Boris n'avait rien mentionné à propos d'elfes !

— Je sais que cela peut faire beaucoup à assimiler, même pour les élèves plus jeunes qui ont été préparés. Si vous vous sentez assez bien, j'aimerais vous faire visiter personnellement. Votre tante a votre dossier d'information et vous avez été enregistrée, dit-il en lui tendant la main.

Lola regarda Phyllis, qui agitait un dossier en cuir et hochait la tête de manière encourageante. Elle prit la main offerte et se leva. Bien qu'elle se sentît bien et stable, il ne lâcha pas sa main mais la plaça plutôt sur son avant-bras et offrit l'autre à Phyllis.

— Mesdames, allons-y, dit-il, et ils quittèrent la petite pièce.

Lola réalisa qu'ils étaient de retour dans le hall. Elle n'avait pas remarqué les portes menant aux pièces sous les escaliers et se fit une note mentale d'enquêter plus tard.

La visite dura environ une heure et le directeur Lianon les emmena dans quelques-unes des salles de classe. La plupart étaient plutôt petites et ne pouvaient accueillir plus de quinze élèves à la fois. Il passa en revue le programme que Lola devrait suivre à l'automne et elle fut déçue d'apprendre qu'il contenait les matières habituelles qu'elle aurait suivies en terminale dans n'importe quelle autre école. Voyant son air déçu, le directeur l'assura qu'il y aurait des cours plus avancés après le premier semestre, lorsqu'elle commencerait ses cours de niveau universitaire.

— Vous voulez dire que je vais terminer ma terminale en un seul semestre ? demanda-t-elle incrédule.

— J'ai vu vos relevés de notes. Vous êtes une excellente élève, donc je ne vois pas en quoi cela poserait problème. Vous en voyez un ? demanda-t-il en haussant un sourcil.

— Non, bien sûr que non, monsieur. Je ferai de mon mieux, répondit-elle rapidement.

— Merveilleux ! dit-il et ils partirent visiter la salle à manger et la salle commune.

C'étaient les pièces qui donnaient sur le hall principal. Il leur montra également la bibliothèque avant de les ramener à leur point de départ.

— Je vais vous laisser entre les mains capables d'une de nos élèves bénévoles. Sara ici présente vous parlera du programme d'été et vous montrera le premier étage où vous trouverez votre chambre pour les deux prochaines semaines, dit le directeur en prenant la main de Phyllis dans la sienne et en la secouant rapidement.

— Mme Evers, n'hésitez pas à me faire savoir s'il y a quoi que ce soit que je puisse faire pour vous aider davantage, dit-il à Phyllis.

Elle le remercia, tout comme Lola, et il partit accueillir d'autres familles. Pendant ce temps, Sara rayonnait et serrait son porte-bloc.

— Tu dois être Lola Evers. Bonjour, je suis Sara Dunham. Je viens de Gloucester. Enchantée de te rencontrer ! dit-elle avec un accent britannique chic tout en lui tendant la main.

Lola la serra maladroitement et lui rendit son sourire.

— Salut, je viens de Baltimore, mais je vis à Williamsburg maintenant. Voici ma tante Phyllis, ajouta-t-elle en désignant Phyllis.

— Ravie de vous rencontrer, Mme Evers. Veuillez me suivre, dit-elle en les conduisant vers l'un des escaliers.

Arrivées en haut, elle expliqua que les chambres des garçons étaient à gauche et celles des filles à droite. En traversant le couloir, Sara leur montra les toilettes et les salles de douche des filles. Il y avait aussi un salon commun avec une cheminée et une petite cuisine pour les collations légères et les boissons. Tous les repas principaux étaient servis dans la salle à manger à des heures fixes et on rappela à Lola que les élèves ne devaient jamais être en retard.

Finalement, Sara s'arrêta au numéro quatorze.

— Home, sweet home, dit-elle en sortant une clé de sa poche et en ouvrant la porte.

Puis elle tendit la clé à Lola et tint la porte ouverte pour Lola et Phyllis.

On aurait dit une chambre d'étudiant typique. Il y avait une grande fenêtre au centre de la pièce avec deux bureaux disposés de chaque côté. Des lits jumeaux étaient poussés contre les murs opposés et des bibliothèques étaient placées dos à dos au milieu de la pièce pour offrir un peu d'intimité. Le lit de gauche avait un couvre-lit rose à volants et il y avait un grand coffre en cèdre au pied du lit.

— Ta colocataire est déjà arrivée et a revendiqué le côté gauche de la chambre, dit-elle. Tu peux deviner qui c'est ? ajouta-t-elle en se balançant d'avant en arrière sur ses talons et en réprimant à peine un cri de joie.

— Toi ? devina Lola.

— Correct ! roucoula-t-elle. N'est-ce pas fantastique ? ajouta-t-elle.

À court de mots, Lola sourit et regarda Phyllis, qui s'était approchée de la fenêtre pour observer les jardins. Voyant le sourire crispé de Lola, Phyllis répondit à sa place.

— C'est une merveilleuse nouvelle, Sara ! Comme ça, Lola aura une amie pour la guider pendant les premiers jours jusqu'à ce qu'elle rencontre les autres élèves, dit Phyllis avec enthousiasme.

Sara rayonna à nouveau, ravie.

— Je dois te prévenir : nous ne serons pas dans les mêmes classes même si nous avons le même âge. Je viens ici chaque été depuis mes treize ans et il faudra que tu rattrapes ton retard. Mais nous pourrons aller manger ensemble et je te présenterai tous mes amis et t'apprendrai tout ce qu'il faut savoir, ne t'inquiète pas ! dit-elle d'un ton rassurant.

— Bien, poursuivit-elle avec entrain, voici ton emploi du temps. Je t'ai donné la clé, que manque-t-il ?

Elle tapotait sa lèvre supérieure en fronçant les sourcils de concentration, et soudain, son visage s'illumina.

— Ah oui, l'uniforme scolaire. Dans ton dossier d'information, il y a une fiche de mensurations. Remplis-la quand tu rentreras chez toi, puis plie-la en triangle. Elle sera renvoyée immédiatement, et tes affaires seront là à t'attendre quand tu reviendras, expliqua-t-elle.

Sara sortit un morceau de papier de son tiroir de bureau et montra comment le plier. Lola et Phyllis observèrent cela avec grand intérêt. On aurait dit de l'origami.

— Le code vestimentaire est au dos de l'emploi du temps avec le règlement. Mais la règle la plus importante que tu dois connaître maintenant est que tu ne peux pas quitter l'enceinte de l'école par quelque moyen que ce soit pendant que tu es inscrite au programme d'été, sauf si tu reçois une autorisation d'un professeur ou du directeur. Cependant, tu peux recevoir des visiteurs entre treize heures et seize heures le dimanche, conclut-elle avec un clin d'œil.

Lola assimila ces informations. Pas de Phyllis pendant une semaine. Pas de Jackson pendant une semaine. Puis elle demanda nerveusement :

— Est-ce que je peux appeler quelqu'un ou envoyer un message si j'ai besoin de quelque chose ?

Sara eut l'air peinée.

— Il n'y a pas de réseau mobile ici. Il y a un ancien système téléphonique, mais il ne fonctionne qu'à l'intérieur de l'école, dit-elle. Tu devras écrire une lettre, qui sera vérifiée par le comité de censure avant d'être envoyée. Mais une fois envoyée, elle arrivera instantanément au destinataire. C'est super rapide ! s'exclama-t-elle en claquant des doigts.

Lola réfléchit à cela et regarda Phyllis qui arborait une expression inquiète identique à la sienne.

— Tout est dans ton dossier d'information, ajouta Sara d'un ton encourageant.

Puis elle regarda l'heure et ajouta :

— Si tu veux avoir le temps de faire tes bagages et de lire ces papiers, tu devrais te dépêcher. Tu dois être de retour ici pour le dîner, qui est servi à dix-huit heures précises. Cela signifie que tu devras déposer tes affaires ici et te changer avant de descendre. Je t'attendrai.

Elle sourit en se dirigeant vers la porte et l'ouvrit.

Lola regarda sa propre montre et vit qu'il était déjà quinze heures.

— Merci, j'apprécie. Je serai là au plus tard à dix-sept heures trente, promit-elle.

Elles quittèrent la chambre et redescendirent dans le hall principal.

— Déplace-toi toujours vers et depuis le hall avec ta clé, conseilla Sara. À plus tard, Lola. C'était un plaisir de vous rencontrer, Mme Evers, ajouta-t-elle en attendant qu'elles partent.

Lola sortit la clé de voyage, pensa à la maison et elles partirent.

CHAPITRE 3
PRÉPARATIONS

Quand Lola et Phyllis arrivèrent chez elles, elles allèrent sans un mot dans la chambre de Lola pour commencer à faire ses valises. Une fois à l'intérieur, la porte fermée, elles s'affalèrent toutes les deux sur le canapé du salon. Il leur fallut quelques minutes avant que l'une d'elles ne puisse formuler une pensée cohérente. Finalement, Phyllis ouvrit le dossier d'information et commença à lire le règlement à voix haute.

Règlement de L'académie

1. Seuls les étudiants inscrits et le personnel autorisé sont admis sur le campus.

2. Les parents et les visiteurs, sauf s'ils sont convoqués, sont les bienvenus les dimanches de 13 h à 16 h et doivent arriver et partir par le hall principal. Ils doivent également s'inscrire sur le registre à leur arrivée et se désinscrire à leur départ.

3. Les appareils électroniques ne fonctionneront pas et sont interdits.

4. L'alcool, les drogues et le tabac sont strictement interdits sur le campus.

5. Les étudiants doivent porter l'uniforme en permanence sur le

campus. Une tenue décontractée est autorisée dans leurs dortoirs respectifs.

6. Les étudiants doivent assister à tous les cours, repas et assemblées prévus sur leur emploi du temps.

7. Les étudiants doivent maintenir le décorum et un bon comportement en tout temps.

8. Les étudiants doivent rester dans leurs dortoirs entre 22 h et 6 h.

9. Les garçons et les filles doivent rester dans leurs dortoirs respectifs.

10. Les étudiants doivent faire tous les efforts possibles pour réussir sur le plan académique et personnel.

— Ça me semble juste, commenta Lola, et Phyllis continua en lisant le code vestimentaire à voix haute.

Code vestimentaire de L'académie

1. Tous les étudiants sont tenus de porter l'uniforme scolaire prescrit et les altérations de l'uniforme ne sont pas autorisées.

2. Tous les étudiants portant l'uniforme scolaire doivent s'assurer que leur chemise est rentrée à tout moment. Les étudiants sont tenus de garder une apparence soignée et ordonnée.

3. Les étudiants ne peuvent pas ajouter d'accessoires à leurs uniformes et doivent être discrets avec les ornements personnels, qu'il s'agisse de bijoux, de coiffure ou de maquillage. Les chapeaux ne sont pas autorisés.

Phyllis hochait la tête tout en lisant les articles de la garde-robe scolaire de Lola.

— Ça semble raisonnable. Tu as déjà porté un uniforme scolaire ? demanda-t-elle.

— Non, mais j'ai vu plein de films où ils en portent, et la description n'a pas l'air trop mal. Même si je ne comprends pas pourquoi il n'y a pas de jupes, répondit Lola.

— Probablement pour éviter de montrer trop de jambe ou d'avoir à proposer la jupe en tailles pour hommes pour être politiquement correct, suggéra Phyllis.

Lola éclata de rire en imaginant certains garçons portant la jupe avec des collants à la mode avec style, et d'autres la portant comme un kilt avec leurs jambes poilues dépassant en dessous. Elle partagea la blague avec sa tante et elles rirent toutes les deux. Lorsque Lola retourna le papier pour voir l'emploi du temps, son visage redevint sérieux.

— Bon, j'ai un cours demain matin intitulé *histoire des artefacts magiques* suivi de *latin pour incantations* et *communautés magiques*, dit Lola d'un ton neutre. Je suppose que je n'ai pas halluciné le nain du bureau des inscriptions et l'elfe directeur ? ajouta-t-elle.

— J'ai bien peur que non, parce que je les ai vus aussi. Je me demande si toute la faculté est, enfin, euh, différente, répondit Phyllis.

— Je suppose qu'il n'y a qu'un seul moyen de le savoir ! dit Lola en se levant. Je devrais commencer à faire mes bagages. Tu as une valise que je pourrais emprunter ? demanda-t-elle, en se dirigeant vers sa chambre.

Phyllis la suivit et répondit :

— Tu peux utiliser le coffre au pied de ton lit. Tu trouveras des cartons d'emballage sous les couvertures et les oreillers supplémentaires.

Lola s'approcha du coffre, regarda à l'intérieur et sourit. Elle retira les couvertures et les oreillers et sortit les cartons d'emballage et les cubes souples. Elle posa les couvertures sur l'un des fauteuils et disposa les boîtes et les cubes sur son lit.

— Je n'ai pas besoin d'emporter beaucoup de choses à cause de l'uniforme. Oh, ça me fait penser, je dois remplir la fiche de mensurations, tu l'as ? demanda-t-elle.

Phyllis retourna dans le salon pour récupérer le dossier d'information. Elle retrouva la fiche de mensurations et une liste pratique pour faire les bagages.

— Il y a une liste pour faire les bagages ! Tiens, regarde-la pendant que je vais chercher un mètre ruban dans ma chambre, dit Phyllis.

Lola regarda la liste et appela sa tante :

— Est-ce que j'ai une trousse de toilette ?

Phyllis était déjà à la porte, mais elle cria :

— Sous le lavabo dans ta salle de bain. Je reviens dans une minute.

Lola alla dans la salle de bain avec la liste et mit tout ce dont elle avait besoin dans la trousse de toilette. Elle rangea ensuite quelques serviettes dans l'une des boîtes. Prenant un cube d'emballage, elle plia soigneusement ses sous-vêtements, ses pyjamas et sa robe de chambre. Il y avait des sacs à chaussures, alors elle les utilisa pour ses pantoufles et ses Chucks préférées. Elle ajouta son jean, quelques t-shirts et des chaussettes, juste au cas où. Elle monta dans son alcôve et prit quelques stylos et crayons, ainsi que quelques carnets reliés en cuir, pour prendre des notes.

Elle était sur le point de descendre quand elle pensa à Jane. *Comment vais-je expliquer ça à Jane?* Après avoir ouvert l'ordinateur portable et le navigateur, elle commença à composer un e-mail à sa meilleure amie.

De : lola4evers@gmail.com

À : jane173@gmail.com

Salut Jane !

Je vais devoir faire court car je suis pressée par le temps. Je pars pour un séjour de deux semaines dans une sorte de camp d'été, qui n'autorise aucun appareil électronique. Donc, je ne serai pas en contact pendant un moment, mais je te raconterai tout quand je reviendrai ! Promis !

Je t'aime

Lola

xoxoxo

Elle entendit Phyllis redescendre et alla la rejoindre. Elle se demandait dans quoi mettre ses fournitures, car son sac à dos ne semblait pas assez chic, et elles ne rentreraient pas dans l'un des sacs à main élégants que Phyllis lui avait donnés.

— Désolée d'avoir mis si longtemps. Je suis passée par la chambre de ton père pour te prendre sa sacoche, dit-elle, en lui tendant un sac en cuir.

— C'est parfait ! s'exclama Lola en ouvrant le rabat et en y plaçant ses fournitures. Par impulsion, elle approcha le sac de son visage et inspira profondément, espérant qu'il sentirait comme Simon, mais il n'avait que l'odeur du cuir usé.

— Tu penses que je pourrais emporter l'un des tapis de yoga ? demanda-t-elle à Phyllis.

— Oui, bien sûr, ma chérie. Et peut-être un livre ou deux, au cas où la bibliothèque de l'école n'aurait que des ouvrages académiques, suggéra-t-elle.

— Bonne idée ! répondit Lola.

— Finissons-en avec ces mesures. J'ai hâte de voir le papier disparaître ! dit Phyllis.

Elles prirent les mesures de Lola et remplirent la feuille de tailles. Ensuite, Lola sortit de sa poche le papier plié que Sara lui avait donné et reproduisit les plis avec la fiche de mensurations. Elles restèrent là à fixer le triangle, dans l'attente.

— Il ne se passe rien, chuchota Lola.

— Peut-être qu'il faut l'adresser ? suggéra Phyllis dans un murmure plus audible.

Lola déplia le papier et chercha des instructions supplémentaires. Hochant la tête, elle le replia, prit un stylo, écrivit *L'académie-Uniformes* dessus et fit un pas en arrière, dans l'attente.

Une bourrasque souleva rapidement le triangle et juste avant qu'il ne frappe Lola au visage, il disparut.

— Incroyable ! souffla Lola.

— En effet ! répondit Phyllis avant d'ajouter : Bon, nous avons bien avancé. Il est presque 16 heures. Tout est emballé ? Quand Jackson doit-il arriver ?

— Oui, et je lui ai dit de venir à seize heures trente. Je pensais que nous serions rentrées d'ici là, dit Lola en vérifiant une dernière fois la liste pour s'assurer qu'elle avait tout.

Elle alla à sa table de chevet pour mettre son téléphone en charge ; elle n'en aurait pas besoin pendant un moment. Elle fit de même avec sa tablette. Quand elle se retourna, Phyllis la regardait avec insistance.

— Désolée, tu as dit quelque chose ? demanda-t-elle.

— Que vas-tu dire à Jackson ? demanda Phyllis. À propos des *communautés magiques...* laissa-t-elle en suspens.

Lola se mordit la lèvre et dit :

— Je ne suis pas sûre. Je ne savais pas quoi dire à Jane, alors je lui ai dit que j'allais dans un camp d'été pour deux semaines, que les appareils électroniques n'étaient pas autorisés et que je lui raconterais tout à mon retour. Ce qui est vrai, dans une certaine mesure. Mais Jackson sait déjà qu'il s'agit d'une sorte d'école de magie. Que penses-tu que je devrais dire?

Phyllis y réfléchit un moment, puis répondit :

— Nous ne savons pas dans quelle mesure nous devons garder tout cela secret. Peut-être avons-nous déjà franchi une ligne avec Jackson. Donc je pense que tu devrais rester simple. Une fois que tu en sauras plus, tu seras mieux préparée pour répondre aux questions qui pourraient surgir. Y compris si Jackson peut te rendre visite dimanche prochain ou non.

— Oh, je n'y avais pas pensé. La famille et les visiteurs arriveront par la porte, ce qui implique qu'ils ont soit une clé, soit le droit d'accompagner quelqu'un qui en a une. Mais attends, peut-être que les gens arriveront en voiture et utiliseront la porte d'entrée. Où se trouve exactement l'école? demanda Lola.

— J'ai posé la question au directeur pendant qu'ils t'emmenaient à l'infirmerie. Il est resté très vague. Il a même dit : «*Elle n'est ni ici, ni là.*» Ça doit donc signifier qu'elle est hors du temps et de l'espace. Ou dans une autre dimension? J'ai mal à la tête quand j'essaie d'y réfléchir. J'aimerais que Simon soit là. Il est tellement plus doué que moi pour ce genre de choses, dit Phyllis en se frottant les tempes.

Lola s'approcha pour faire un câlin à sa tante.

— Moi aussi. Viens m'aider à choisir quelques livres à emporter en attendant Jackson, suggéra-t-elle, et elles descendirent ensemble.

CHAPITRE 4
LES ADIEUX

— À quelle heure dois-tu partir? demanda Jackson en enlaçant Lola et en déposant un baiser sur son front.

Elle glissa sa main dans la sienne et le conduisit au canapé de son salon. Ils s'assirent, hanches contre hanches, mains entrelacées.

— Je devrais partir vers dix-sept heures quinze. J'ai dit à ma colocataire que je serais là-bas à dix-sept heures trente pour déposer mes affaires et me changer pour mettre l'uniforme de l'école avant le dîner, répondit Lola, son pouce caressant distraitement la peau entre le pouce et l'index de Jackson.

Il releva brusquement la tête et se tourna vers elle.

— Attends, quoi? Reviens en arrière une minute. Colocataire? Uniforme scolaire? Commence par le début, dit Jackson, les yeux écarquillés d'inquiétude.

Lola se mordit la lèvre inférieure, prenant son temps pour réfléchir à ce qu'elle allait dire.

Elle prit une grande inspiration et se lança.

— D'accord. Tu te souviens quand j'ai dit que j'allais à Poudlard? Eh bien, il y a plus de similitudes que je ne l'imaginais au départ.

Premièrement, c'est comme une école privée. Ils ont des règles, un uniforme et des dortoirs séparés pour les garçons et les filles. Chaque chambre accueille deux personnes, d'où la colocataire. Ma colocataire s'appelle Sara et elle a l'air sympa, conclut Lola en expirant.

La mâchoire crispée, Jackson hocha la tête et dit :

— Continue.

Il y avait un pli entre ses sourcils, mais il n'avait pas l'air en colère. Lola poursuivit :

— La technologie est aussi interdite, bien que je pense que c'est plutôt un cas où la technologie ne fonctionne tout simplement pas là-bas. Je ne sais toujours pas où est ce «là-bas». Le programme d'été dure deux semaines, et je devrai rester sur le campus tout ce temps. Les visites sont autorisées le dimanche de treize heures à seize heures, mais je ne sais pas encore si cela s'étend aux non-détenteurs de clés. Je te tiendrai au courant.

Lola se tordit les mains et attendit sa réaction.

Les sourcils de Jackson se froncèrent davantage, mais il ne dit rien au début. Il semblait digérer l'information. Lola attendit tandis que des papillons s'agitaient dans son estomac. Elle regarda sa montre alors que le regard de Jackson était fixé sur la table basse. Quand il se tourna pour la regarder, ses sourcils étaient détendus et il souriait. Lola soupira de soulagement. Elle ne savait pas exactement ce qui la rendait si mal à l'aise, mais elle ne voulait pas partir pour deux semaines et qu'il y ait un malaise entre elle et Jackson.

Il prit ses deux mains et dit :

— Si tu es d'accord avec ça, je le suis aussi. J'ai hâte d'entendre tout ce que tu auras à raconter.

Lola était tellement soulagée qu'il n'insiste pas pour avoir plus d'informations et ne pose pas un tas de questions qu'elle lui sauta dessus et jeta ses bras autour de son cou. La force de son enthousiasme fit basculer Jackson sur les coussins du canapé. Leurs têtes se cognèrent et ils éclatèrent de rire. Les bras de Jackson s'enroulèrent autour de sa taille et l'attirèrent plus près. Comme ses bras étaient toujours autour de son cou, cela rapprocha son visage à quelques centimètres du sien.

Leurs regards se croisèrent. Elle en eut le souffle coupé, anticipant le baiser qui flottait dans l'air entre eux. Il flottait là depuis des semaines maintenant. Lola avait peur qu'il ne s'écarte et fasse le gentleman, et elle ne pouvait plus attendre. Rapidement, avant de perdre son courage ou qu'il ne bouge la tête, elle l'embrassa. Ses lèvres étaient chaudes, mais inflexibles au début. Elle pressa tout son poids sur lui, ses mains agrippant l'arrière de sa tête. Il gémit. Ses lèvres s'entrouvrirent légèrement et il lui rendit son baiser. Un gémissement triomphant s'échappa des lèvres de Lola.

Ses mains montaient et descendaient le long de son dos. Puis il posa une main sur le bas de son dos tandis que l'autre s'emmêlait dans ses cheveux. Il l'attira encore plus près. Leurs lèvres s'entrouvrirent davantage et leurs langues se touchèrent. Lola émit un doux miaulement. *On s'embrasse avec la langue!* Elle ne voulait jamais que ça s'arrête. Il avait si bon goût; elle aurait pu l'avaler tout entier. Sa peau était en feu tandis que son corps fondait sur lui comme de la glace sur une tarte. Il y eut une légère pression venant de son pantalon et elle s'immobilisa. Puis elle laissa échapper un petit rire nerveux qui tua complètement l'ambiance. Jackson mit fin lentement au baiser en suçant légèrement sa lèvre inférieure tout en déplaçant ses bras le long de son dos puis de ses bras, où il saisit ses mains pour les détacher de son cou. Il garda ses mains dans les siennes et lui sourit en se redressant. Retour à la réalité.

— Je pense que c'est tout ce que je peux supporter pour le moment, dit Jackson, légèrement essoufflé.

Lola le regarda et se mordit la lèvre.

— C'était incroyable! Tu as senti que c'était mon premier vrai baiser avec la langue? balbutia-t-elle.

Elle avait l'impression d'être sur le point de bégayer de manière incontrôlable.

Jackson embrassa chacune de ses mains et les posa sur ses genoux.

— C'était *vraiment* incroyable, et tu es une vraie pro, la rassura-t-il.

Puis il se leva et s'éloigna du canapé pour regarder sa montre. J'aurais préféré que notre premier *vrai* baiser n'ait pas lieu juste avant que tu ne partes pour deux semaines pendant lesquelles nous ne pourrons pas communiquer, ajouta-t-il en passant ses mains dans ses cheveux.

Lola se leva aussi. Ses jambes étaient comme du coton et elle vacilla un peu. Jackson fut près d'elle en un instant, tendant un bras pour la stabiliser. Elle lui sourit, le regard embué et amoureux. Jackson secoua la tête, l'attira dans ses bras et lui donna un baiser sur la tempe.

— Qu'est-ce que je vais bien pouvoir faire de toi ? demanda-t-il avec un soupir.

On frappa à la porte et quelques instants plus tard, Phyllis entra. Ni l'un ni l'autre ne bougea, à part pour tourner la tête vers la porte.

— Est-ce que j'interromps quelque chose ? demanda Phyllis, innocemment.

Elle n'attendit pas de réponse et continua :

— Lola, je crois qu'il est temps d'y aller. Et comme il est presque 17h, j'ai bien peur que nous devions nous dire au revoir ici et maintenant.

Lola lâcha Jackson et se blottit dans les bras ouverts de Phyllis.

— Tu vas me manquer, Phyllis, dit-elle.

— Moi aussi, ma chérie. Je me suis beaucoup attachée à toi et à ta présence ici. Mais ça ira ; ce n'est que pour deux semaines. Et je te verrai dimanche prochain. Allez. Amuse-toi, fais-toi des amis et tu pourras tout nous raconter quand on se reverra, dit Phyllis en relâchant Lola, essuyant une petite larme au coin de son œil.

Lola se tourna vers Jackson et lui adressa un sourire larmoyant.

— Tu vas me manquer aussi, Jackson, dit-elle.

Jackson prit son visage entre ses mains et lui donna un rapide baiser sur le front. Puis il posa ses mains sur ses épaules et dit :

— Reste vigilante, sois attentive et essaie de ne pas t'attirer d'ennuis.

Lola éclata de rire. Bientôt, ils riaient tous et la tension du moment se dissipa.

— Tout ira bien. Je serai avec un groupe d'enfants beaucoup plus jeunes que moi. Si leurs parents les laissent aller dans un camp de magie pendant deux semaines chaque été, je suis à peu près sûre que ce sera sans danger pour moi, dit-elle avec plus d'assurance qu'elle n'en ressentait réellement.

Elle avait envoyé sa malle à travers la porte plus tôt, conformément aux instructions de son dossier d'information. Apparemment, celle-ci l'attendrait, avec son uniforme, quand elle arriverait dans sa chambre. Il ne restait vraiment plus qu'à sortir sa clé et franchir la porte.

CHAPITRE 5
LA SALLE À MANGER

Lorsque Lola ouvrit la porte de sa chambre, la première chose qu'elle remarqua fut son coffre au pied de son lit et son uniforme soigneusement plié dessus, avec ses deux paires de chaussures brillantes et neuves.

— Tu es là! s'exclama Sara en lâchant le livre qu'elle lisait et en bondissant de son lit pour accueillir Lola.

Elle semblait sur le point de l'étreindre, mais se ravisa.

— Bienvenue dans ta nouvelle maison! dit-elle en frappant des mains et en sautillant d'excitation. Dépêche-toi de te changer. J'aimerais descendre un peu plus tôt pour te présenter à quelques personnes, ajouta-t-elle.

Comme Lola restait immobile, elle précisa :

— Ne sois pas timide, je ne peux pas te voir depuis mon lit à cause de la bibliothèque. Mais tu peux aller te changer dans la salle de bain si tu préfères.

Sara se laissa tomber sur son lit et reprit sa lecture, ou fit semblant de lire son livre.

Lola sortit de sa torpeur et enfila rapidement les vêtements propres et amidonnés de son coffre. Elle opta pour l'ensemble polo et cardigan.

25

Elle n'était pas sûre pour la cravate, et le blazer semblait trop guindé. Les vêtements étaient confortables et lui allaient bien. Elle se dirigea vers le miroir accroché au mur près de la porte.

— De quoi j'ai l'air ? demanda-t-elle timidement à Sara.

— Ravissante, tu vas parfaitement t'intégrer. Allez, viens ! N'oublie pas ta clé de chambre, dit Sara, qui ouvrait déjà la porte.

Lola avait mis sa clé de voyage sur un ruban bleu marine autour de son cou et en avait apporté un rouge pour la clé de la chambre. Ainsi, elle était sûre de ne jamais perdre ni l'une ni l'autre, et les rubans s'accordaient avec l'uniforme. Elle les sortit de son polo pour les montrer à Sara, qui répondit en exhibant ses propres clés sur des chaînes en or et en argent autour de son cou. Elle fit signe à Lola de passer et ferma la porte derrière elle.

Le couloir résonnait du bavardage des filles qui se retrouvaient alors qu'elles descendaient toutes pour le dîner. Lorsqu'elles atteignirent l'escalier, les garçons commencèrent à sortir de leur dortoir et à descendre l'escalier opposé.

La combinaison de bleu marine, vermillon et blanc éclatant était magnifique à voir. Lola se demanda pourquoi davantage d'écoles n'avaient pas d'uniformes. Tout le monde avait l'air soigné et ordonné, et cela réduisait le temps nécessaire pour choisir une tenue.

Sara parlait à Lola de sa maison à Gloucester, en Angleterre. Elle vivait dans un vieux cottage avec ses parents et ses deux petites sœurs, Eva, dix ans, et Glenda, huit ans. Lola s'apprêtait à lui demander la raison de cette différence d'âge lorsque Sara dit :

— Maman s'est remariée quand j'avais quatre ans et Leonard, mon beau-père, est le seul père que j'aie jamais connu. Mon père est mort quand j'étais bébé. Je ne me souviens pas beaucoup de lui.

— Je suis désolée d'entendre ça. Tu t'entends bien avec Leonard, alors ? demanda Lola.

— Oui, on est comme les deux doigts de la main. C'est comme s'il me comprenait parfois mieux que Maman, répondit-elle avec mélancolie.

Une fois arrivées en bas des escaliers, elles suivirent les autres dans la salle à manger. Vu la taille de la pièce et le plafond orné ainsi que les appliques murales, Lola présuma qu'il s'agissait autrefois d'une salle de bal. Les quatre longues tables de banquet étaient dressées pour recevoir une douzaine d'élèves chacune. Ils semblaient être regroupés par âge. Sara lui prit la main et l'entraîna vers l'une des tables où elles s'assirent. La conversation autour de la table s'arrêta et tout le monde se tourna vers Lola avec l'air impatient.

— Tout le monde, voici Lola Evers, notre nouvelle recrue. Elle vient des États-Unis, annonça Sara.

Lola sourit timidement et fit un petit signe de la main maladroit tandis que Sara poursuivait les présentations.

— Voici Lenora. Elle vient d'Irlande.

Sara désigna une grande fille pâle aux cheveux roux raides et ternes, séparés par une raie au milieu. Quand Lenora ouvrit la bouche pour la saluer, Lola remarqua immédiatement son appareil dentaire. Son appareil dentaire d'un vert éclatant.

Ensuite vint un beau garçon aux yeux bleus et aux cheveux noirs mi-longs attachés en queue de cheval lâche. Ses dents blanches et droites brillèrent lorsqu'il sourit à Lola.

— Voici Colin, il est aussi irlandais, dit Sara.

Colin tendit la main pour prendre celle de Lola et y déposa un baiser.

— *Enchanté*, dit-il avec un clin d'œil.

Lola rougit et retira vivement sa main en murmurant un «Salut» étranglé.

Sara rit et ajouta :

— Ne t'inquiète pas, Lola. Le charmant jeune homme à côté de Colin est James, qui est aussi irlandais, et ils sortent ensemble depuis plus d'un an.

James avait les cheveux bruns courts et un visage agréable. Il avait bonne mine, et l'air plutôt ordinaire. Il sourit à Lola et lui souhaita la bienvenue à l'école.

Assise à côté de Sara se trouvait Clara, une fille française, si belle que Lola se demanda si elle était mannequin. Elle avait de longs

27

cheveux blonds ondulés qui tombaient en cascade dans son dos, les yeux d'un vert perçant, et un sourire absolument éblouissant. Avant que Lola ne s'en rende compte, la fille bondit, vola vers elle et l'enveloppa dans une étreinte serrée.

— *Bienvenue, ma nouvelle amie!* s'exclama-t-elle.

Puis elle l'embrassa sur les deux joues et annonça :

— Nous allons être de grandes amies, je le sais.

Elle rayonna vers Lola, inconsciente de l'inconfort extrême qu'elle avait provoqué, et retourna à sa place avec un gracieux mouvement de cheveux. Voyant la réaction abasourdie de Lola, Sara rit et lui donna un coup de coude en chuchotant :

— Tu t'y habitueras. Les gens sont très amicaux ici.

Lola hocha la tête et rassembla assez de courage pour s'adresser au groupe :

— Merci beaucoup à tous. Je suis heureuse d'être ici. Tout cela est très nouveau pour moi et j'espère que vous excuserez mon ignorance totale.

Il y avait d'autres personnes à table, mais il semblait qu'elles ne faisaient pas partie de la bande de Sara et ne furent pas présentées à Lola. Les élèves lui firent un signe de tête, assez amical. Il y avait une chaise vide à côté de Lola et elle se demanda si ce serait un nouvel élève, comme elle. Elle ne se sentirait pas si exposée.

C'est alors que les lumières clignotèrent, et tout le monde se tut et se leva. Lola fit de même et tendit le cou pour voir ce qui se passait, car tout le monde s'était tourné vers l'avant de la salle. Il y avait là une autre longue table, perpendiculaire à celles des élèves, comme la table des mariés lors d'un mariage, avec des couverts uniquement d'un côté. *Ça doit être la table des professeurs.*

Ils entrèrent un par un et se placèrent derrière leurs chaises. Lola ne pouvait que les fixer bouche bée. D'après ce qu'elle pouvait voir, seuls deux d'entre eux étaient, comment dire, humains. Tous deux des hommes. Les deux premières dames étaient ce qu'elle ne pouvait décrire que comme des fées. Une autre dame semblait peut-être apparentée au directeur. Bien qu'elle paraisse plus âgée, elle avait les mêmes oreilles pointues et les mêmes longs cheveux argentés que le directeur.

Lola reconnut celui de la table d'inscription. À côté de lui se trouvait une sorte de nain en kimono avec un chignon. Le dernier à arriver était un homme immense à la peau violette extrêmement foncée. Il était suivi par le directeur qui se dirigea vers le petit podium et s'adressa à l'assemblée.

— Bienvenue au programme d'été de l'année 2019. Je vois que notre nouveau groupe de recrues est au complet, dit-il, s'arrêtant pour faire un signe de la main à la table pleine d'adolescents de 13 ans qui gloussaient. Vous remarquerez également que nous avons quelques élèves plus âgés qui sont nouveaux, comme c'est souvent le cas lorsque l'héritage est une surprise pour les membres de la famille, poursuivit-il en faisant un signe de la main à personne en particulier.

Lola en était très reconnaissante. Elle avait eu autant d'attention qu'elle pouvait en supporter pour au moins deux ou trois vies.

— Permettez-moi de vous présenter notre corps enseignant d'été. Veuillez accueillir la professeure Elderberry. Elle est notre nouvelle enseignante en herbologie. À côté d'elle se trouve la professeure Brambles, notre professeure de pleine conscience et méditation qui est de retour. Se joignant à nouveau à notre faculté, nous avons Lady Samsara du Département des voyages et le docteur McClary du Département d'histoire. Des visages plus familiers sont le docteur Thompson, notre professeur de latin, Sir Kravchuk, notre professeur de communautés magiques, et Maître Smoke, notre professeur d'arts martiaux résident. Enfin, nous aimerions vous présenter le professeur Thunderbolt, notre nouveau professeur de magie. Applaudissons-les tous chaleureusement, dit-il en applaudissant.

Tous les élèves applaudirent, et les professeurs s'assirent. Le directeur fit un signe à quelqu'un sur le côté et une flotte de serveurs sortit pour déposer de grands plats d'argent couverts sur chaque table. Le directeur alla s'asseoir à sa place et alors qu'il criait : « *Bon Appétit* », les serveurs retirèrent les couvercles d'argent et partirent. Les élèves s'assirent et commencèrent à manger, reprenant leurs conversations.

C'était tout un festin ! Un plat contenait des pommes de terre rôties, des panais, des carottes et du chou. Un autre contenait des petits pains, des rosettes de beurre et une sélection de fromages à pâte dure. Plus loin sur la table, il y avait de la poitrine de dinde tranchée dans sa sauce, des escalopes de veau panées et des saucisses polonaises. Pour le dessert, il y avait des cupcakes et un assortiment de coupes de fruits frais. Celui qui avait le plat devant lui servait tout le monde et les assiettes circulaient tandis que les gens criaient ce qu'ils voulaient. C'était le chaos total. C'était comme ces grandes réunions de famille que Lola voyait dans les films. Sauf que tout le monde à leur table avait entre 16 et 18 ans. Déconcertée, Lola tenait son assiette, regardant le spectacle, se demandant comment procéder. C'était comme attendre pour sauter sur un manège.

Elle sentit quelqu'un se glisser à côté d'elle, prendre son assiette et dire :

— Si tu me permets.

Lola tourna la tête pour regarder le nouveau venu qui avait déjà passé son assiette à Colin.

— Que voudrais-tu ? demanda-t-il.

Comme elle le fixait simplement, bouche bée, il ajouta :

— Un peu de tout ?

Lola acquiesça bêtement. Il fit les demandes et se présenta en même temps. C'était le garçon le plus inhabituel qu'elle ait jamais vu. Premièrement, il était extrêmement grand. Même assis, il devait se pencher pour lui parler. Il était également mince et élancé. Sa peau était si pâle qu'elle pouvait voir ses veines à travers. Il avait des cheveux blonds bouclés si pâles qu'ils étaient presque blancs. Ils encadraient son visage comme un halo. Juste au moment où elle pensait qu'il pourrait être albinos, il se tourna vers elle et sourit en posant l'assiette devant elle. Ses yeux étaient d'un bleu très pâle, mais ses cils et ses sourcils n'étaient pas blancs comme ceux d'un albinos, ils étaient d'un blond doré, une teinte plus foncée que ses cheveux.

Lola le remercia et lâcha :

— Je suis Lola, je viens des États-Unis.

À quoi il répondit avec un accent qu'elle ne pouvait pas situer :

— Je suis Devlin. Ravi de te rencontrer, Lola. Je viens de Suède.

Il récupéra sa propre assiette et ils commencèrent à manger. La nourriture était délicieuse et Lola était affamée. Ce qui était surprenant étant donné à quel point elle était nerveuse. Bientôt, elle remplissait son assiette de nouveau et Devlin rit en s'exclamant :

— J'aime les femmes qui ont de l'appétit !

Lola se sentait un peu gênée. Sara se pencha vers elle et chuchota :

— Tu crois qu'il est tombé du ciel ?

CHAPITRE 6
SALLE COMMUNE

À vingt heures, les lumières clignotèrent pour signaler la fin du repas du soir. Ceux qui avaient encore faim devaient se dépêcher de remplir leurs assiettes pendant que les serveurs revenaient pour enlever les plateaux. La plupart des élèves et des membres du corps enseignant se levèrent et partirent. Sara dit à Lola qu'elles pouvaient rester dans la salle à manger jusqu'à vingt heures trente. Sara lui avait expliqué qu'on ne servait pas de thé ni de café ici, car ils étaient servis dans la salle commune pour les élèves et dans le salon des professeurs pour les adultes. *Ils ont probablement aussi du porto et du cognac!*

— Tous les repas sont servis dans de la porcelaine fine avec des verres en cristal? demanda Lola alors que la majorité des personnes à leur table se levaient pour partir.

— Le petit-déjeuner, servi de six heures trente à huit heures trente, est un buffet. Le déjeuner, servi de douze heures quarante-cinq à quatorze heures quinze, est un repas assis, mais avec des plats plus légers, répondit Sara.

— Oh, merci. Je suis contente que ce ne soit pas un gros truc le matin. Je n'ai pas l'habitude d'interagir avec des humains si tôt. Sur une autre note, est-ce que c'est moi ou toutes les filles ont des noms qui se terminent par un *a*? demanda Lola.

Sara rayonna et s'exclama :

— C'est vrai! Tu n'es pas au courant!

Lola la regarda de travers et dit :

— Donc il y a quelque chose?

— Oui, c'est tout à fait LA chose, répondit Sara. Tu as fini de manger? Je peux t'en parler en chemin. Tu veux aller dans la salle commune ou retourner au dortoir? demanda-t-elle.

Lola en avait assez de socialiser pour la journée. Elle savait qu'elle verrait beaucoup de gens pendant ses cours du lendemain.

— Dans la chambre, si ça ne te dérange pas, répondit-elle.

UNE FOIS ARRIVÉES dans la chambre, Lola sortit son emploi du temps et interrogea Sara à ce sujet.

— Comment fonctionnent les cours? Je veux dire, il y a quatre cours le matin et deux l'après-midi. Je vois ça, déclara-t-elle.

Sara alla s'allonger sur le ventre sur son lit. Puis elle souleva le côté de son couvre-lit et sortit une boîte de sous son lit. Elle en tira un récipient en plastique pour aliments. Elle repoussa la boîte sous le lit, ouvrit le récipient et le tendit à Lola.

— De la contrebande?

Lola s'approcha pour regarder dans le récipient. Il était rempli de bonbons colorés. Elle prit une pâte de fruits et un bonbon en gelée.

— Merci. Pourquoi n'ai-je pas pensé à apporter des bonbons!

Sara lui fit signe de s'asseoir sur son lit. Prenant une bouchée de sa réglisse, elle pointa l'emploi du temps de Lola.

— Il y a quatre cours théoriques d'une heure le matin avec des pauses de cinq minutes entre chacun. Les salles de cours théoriques sont toutes dans l'aile est, donc c'est facile de passer de l'une à l'autre.

Sara pointa ensuite les numéros de salles.

— Tu vois ici, E-121, E est pour l'aile est. Pour te situer, le dortoir des filles est au deuxième étage de l'aile ouest, tandis que celui des garçons est à l'est. L'après-midi, il y a deux cours d'une heure et quart avec une pause de quinze minutes entre les deux. L'un est un cours pratique et l'autre est un cours d'éducation physique. La pause est plus longue, car il peut y avoir une certaine distance entre les deux, dit Sara.

Puis elle montra à nouveau l'emploi du temps de Lola et ajouta :

— Les cours pratiques sont dans l'aile ouest, tu vois, ici, W-144. Les cours d'éducation physique sont généralement à l'extérieur. Dans tous les cas, les élèves retrouvent les professeurs dans le hall principal.

Lola hochait la tête, regardant son emploi du temps, puis par la fenêtre.

— Et quand il pleut ? Je viens de réaliser qu'il n'y avait pas de vêtements d'extérieur inclus dans l'uniforme et on ne nous a pas demandé d'en apporter, dit Lola, perplexe.

En applaudissant et rebondissant sur le lit d'excitation, Sara dit :

— C'est vrai ! J'oublie toujours que c'est ta première fois ici. Quel plaisir !

Puis elle s'assit en tailleur, prit une profonde inspiration et annonça :

— Le directeur contrôle la météo.

Lola la regarda bêtement. Comme elle ne réagissait pas et ne répondait pas, Sara continua :

— Il ne pleut jamais et il fait toujours beau. Il fait toujours environ 22 degrés Celsius. Toute la journée, tous les jours.

Les sourcils de Lola se froncèrent.

— Mais comment les choses poussent-elles sans pluie ? demanda-t-elle.

À cela, Sara éclata de rire et tomba en arrière sur son lit, riant si fort qu'elle se tenait le ventre. Finalement, l'hilarité s'estompa et elle se redressa avec un visage sérieux.

— Je m'excuse vraiment. Je ne me moquais pas de toi, dit-elle avec contrition.

Lola haussa les épaules et répondit :

— Ce n'est pas grave. Mais qu'est-ce qui était si drôle ?

Sara secoua la tête d'incrédulité.

— Les choses poussent avec de la magie, bien sûr. La plupart des choses à L'académie se font avec de la magie.

Sara prit la petite plante qu'elle avait sur son bureau et la tint dans sa paume. Avec l'autre main, le bout de ses doigts effleura ses lèvres et elle souffla un baiser à la plante. Alors que Lola regardait, fascinée, une petite fleur blanche s'épanouit. Elle plaqua ses mains sur sa bouche d'étonnement. Quelques secondes plus tard, la fleur se désintégra et s'éleva en un nuage de brume.

Le visage de Lola s'affaissa et ses lèvres se plissèrent.

— Où est-elle partie? demanda-t-elle, clairement déçue.

Sara rit et remit la plante sur son bureau.

— C'est une illusion, dit-elle. Comme tout le reste ici.

Les yeux de Lola étaient toujours fixés sur la plante, perplexe.

Sa tête se releva brusquement alors que l'une de ses questions pressantes lui revenait.

— D'accord. Pendant qu'on en parle. C'est où exactement *ici*? demanda Lola.

— Oh, mon Dieu, fut la réponse de Sara. Il n'y a pas d'*ici* à proprement parler. C'est un monde magique. Un monde sûr créé spécifiquement pour L'académie. Il fait essentiellement la taille du domaine.

— Si je marchais jusqu'au bout du domaine, que se passerait-il? demanda Lola, la fascination se lisant sur son visage.

— Tu rebondirais sur une barrière invisible. Comme un dôme, répondit Sara. Tu le verras quand tu iras dehors pour ton cours d'éducation physique demain, ajouta-t-elle.

Lola enleva ses chaussures et recula pour que son dos repose contre le mur.

— Wow, dit-elle. Je vais avoir besoin de plus de bonbons pour digérer ça, ajouta-t-elle en regardant Sara.

Sa camarade de chambre lui tendit le récipient et Lola prit un caramel, un bonbon à la réglisse noire et quelques boules de Malte.

— Je demanderai à ma tante d'apporter des bonbons à partager quand elle viendra, dit-elle en mettant un des bonbons dans sa bouche.

Sara la repoussa d'un geste de la main.

— Je n'imagine pas comment tu dois te sentir. Toute ma famille a fréquenté L'académie, depuis des générations. C'est devenu vraiment banal pour nous. Ce que je me demande, c'est pourquoi ta famille n'y est pas allée ? demanda Sara.

Lola secoua la tête.

— Je n'en ai aucune idée. Et je suis presque sûre que mon père et ma tante ne savaient même pas qu'elle existait. D'après ce que je peux dire, ils se sont contentés de transmettre les clés à leurs enfants à leurs treize ans, en leur donnant quelques consignes, et c'était tout.

Sara tendit à nouveau la boîte à Lola qui sourit avec gratitude et prit encore quelques bonbons. Elle attendit que Lola reprenne.

— Je veux dire, mon père a réussi à remonter le temps pour être avec moi juste avant mes seize ans, c'était cool. J'étais tellement excitée que je n'ai pas vraiment pris le temps de comprendre comment c'était même possible. Il ne savait certainement pas précisément comment il faisait ça.

Sara se redressa et dit :

— Oh, ton père était un marcheur du temps ! Comme c'est passionnant ! C'est assez rare, tu sais. C'est un gène qui peut se transmettre, donc tu pourrais l'avoir aussi.

À ces mots, Lola glissa sur le côté contre le mur et enfouit son visage dans la couette de Sara.

— Assez... Je n'en peux plus ! Mon cerveau est en compote, dit-elle d'une voix étouffée.

Sara s'agenouilla près d'elle et passa timidement sa main dans le dos de Lola pour la réconforter.

— Là, là, ma chérie. C'est beaucoup à assimiler, mais ça ira. Pourquoi n'irais-tu pas prendre une douche et te préparer pour dormir ? Quand tu reviendras, tu te sentiras comme neuve. Si tu veux discuter, on pourra parler de garçons pendant que je t'aide à déballer tes affaires. Sinon, on se couchera tôt. Qu'en dis-tu ? demanda-t-elle d'une voix enjouée.

Lola releva la tête et répondit :

— Merveilleux !

Elle se leva et lissa le lit de Sara avec une expression peinée.

— Désolée pour ça. Tu es vraiment une super coloc, dit-elle en sortant sa trousse de toilette, sa serviette et son pyjama de sa malle.

Sara la chassa d'un geste de la main et ajouta :

— Allez, file! C'est un plaisir, vraiment. Maintenant, va aux douches avant qu'il n'y ait une queue d'un kilomètre!

La douche fut divine. Quand elle revint dans la chambre, Sara avait mis le couvre-lit que Lola avait apporté de chez elle sur son lit et avait soigneusement rangé ses livres dans la bibliothèque. Son côté de la chambre avait déjà meilleure allure. Apparemment, elle n'avait rien touché d'autre, ce qui était bien parce que Lola n'était pas habituée à ce que les gens touchent ses affaires. Elle remercia sa colocataire et commença à ranger le peu de choses qui restaient. Puis, elle rangea son uniforme dans l'armoire. En même temps, les filles parlèrent de garçons. Lola parla de Jackson à Sara. Sara lui parla des garçons de leur année. Lola fut déçue qu'elle ne mentionne pas Devlin, mais elle était trop timide pour demander directement. Il la fascinait et elle se sentait un peu déloyale envers Jackson. Ça faisait du bien de parler avec une amie d'un sujet normal. Le temps passa vite et bientôt les lumières se mirent à clignoter. Il était temps d'aller au lit. Juste avant de s'endormir, Lola se fit une note mentale de demander à nouveau à Sara pourquoi toutes les filles avaient un nom qui se terminait par un *a*.

CHAPITRE 7
LUNDI MATIN

Lola se réveilla confuse. Où était-elle ? Pour la deuxième fois en un mois, elle se réveillait dans un lit étranger, dans une chambre inconnue. Cette fois-ci, elle était à L'académie, une école magique pour les enfants possédant des clés de voyage, enseignée par des créatures magiques dans un monde magique qui n'existait pas. Voilà, elle était à jour.

Elle se leva, alla à la salle de bain, se lava le visage, se brossa les dents et retourna dans la chambre. Il était tôt et Sara dormait encore. N'ayant ni téléphone ni montre, elle se fia à l'horloge au-dessus de la porte. Elle déroula son tapis de yoga et s'assit pour méditer pendant vingt minutes. Puis, elle enchaîna une série d'asanas que sa tante lui avait enseignée. En regardant par la fenêtre, elle vit que le domaine s'animait au lever du soleil, bien qu'elle ne puisse pas voir le lever lui-même. Elle décida que cette vue serait encore meilleure avec un café. Elle s'habilla et se dirigea vers le salon des filles pour trouver une tasse de café.

En arrivant, elle réalisa qu'elle n'était ni la seule lève-tôt, ni la seule amateure de café. Elle remarqua aussi, avec gratitude, qu'aucune des filles ne bavardait. En fait, elles étaient toutes silencieuses, se saluant d'un geste et mimant pour se passer la crème et autres. Lola en était vraiment ravie, car elle détestait parler avant son café du matin. En s'approchant de la machine à café, elle vit qu'il y avait une pancarte sur le mur, écrite sur du parchemin avec ce qui semblait être une plume.

Chères Demoiselles,

Nous vous demandons respectueusement d'observer notre règle de silence total jusqu'à 8 heures. Nous ne sommes pas du matin. Celles d'entre nous qui sont debout ne veulent pas nécessairement bavarder. Certaines d'entre nous aimeraient dormir le plus longtemps possible. Si vous êtes une pipelette, veuillez descendre prendre le petit-déjeuner où vous pourrez papoter à votre guise.

Cordialement,

Les Filles

Lola soupira. Elle était parmi des âmes sœurs. Elle prit une tasse, la remplit de l'élixir matinal intemporel et alla se poster près de la fenêtre. De là, elle pouvait apercevoir le soleil, loin sur la droite. Il n'y avait pas de situation qu'un café et un lever de soleil ne pouvaient améliorer. Elle but son café dans un silence bienheureux, se retournant occasion-nellement pour saluer les filles qui entraient au bruit de leurs pas. Quand elle eut fini, elle lava sa tasse, la rangea et retourna dans la chambre.

Sara était debout et habillée, allongée sur son lit fait avec son livre.

— Te voilà! s'exclama-t-elle quand Lola entra.

Elle rangea son livre et quitta le lit.

— Tu es prête pour le petit-déjeuner? demanda-t-elle.

Lola sourit. Elle aimait l'enthousiasme de sa nouvelle amie. Elle aimait surtout avoir eu une heure entière pour elle-même avant d'avoir à interagir avec la fille enjouée, ou qui que ce soit d'autre. Dieu seul savait à quoi allait ressembler le petit-déjeuner style buffet, mais Lola était sûre que ce serait bruyant.

Elle attrapa sa sacoche et son emploi du temps.

— Je suis prête, dit-elle, résolument.

40

ELLES ÉTAIENT à mi-chemin dans l'escalier et Lola pouvait entendre la cacophonie de la salle à manger. Lola et Sara allèrent à leur table et s'assirent aux mêmes places que la veille. Il semblait que ce serait sa place désormais. Lola fut un peu déçue de constater que Devlin n'était pas encore descendu. Ou peut-être était-il venu et reparti. Il était maintenant sept heures quinze.

Les filles saluèrent la bande et se servirent des diverses boissons sur la table. Un autre café et un verre de jus d'orange pour Lola. Sara prit du thé et un verre de jus de pamplemousse. Puis elles se dirigèrent vers le buffet. Il rivalisait certainement avec tout ce que Phyllis et Marie avaient pu préparer au manoir. Il y avait tout ce que quiconque pouvait désirer pour le petit-déjeuner, peu importe d'où il venait. Lola décida qu'elle essaierait quelque chose de nouveau chaque jour, à partir du lendemain. Ce matin-là, elle avait besoin de bacon et d'œufs. Et d'un croissant au chocolat. Elle remplit son assiette et retourna à la table. Seule la moitié de la table prenait le petit-déjeuner à ce moment-là et tout le monde se concentrait sur le repas, car ils devaient être en classe à huit heures quinze.

Quand elles eurent terminé, Sara expliqua qu'elles devaient mettre leurs assiettes et couverts dans les bacs contre le mur du fond, mais que les verres restaient sur les tables. Une fois cette tâche accomplie, Sara emmena Lola dans la salle commune, car elle n'y était pas allée la veille, bien qu'elle l'ait vue rapidement pendant la visite. Là, elles trouvèrent le reste de la bande, y compris Devlin. Son visage s'illumina quand il vit Lola et elle rougit.

— Désolé de t'avoir manquée au petit-déjeuner. Qu'as-tu mangé? demanda-t-il avec un clin d'œil.

Lola vira à un rouge plus foncé. *Qu'est-ce qu'ils ont tous avec la nourriture?* se demanda-t-elle.

— Laisse cette pauvre fille tranquille, Devlin. Elle a déjà assez de mal à s'adapter à tout ça sans que tu ne la harcèles, intervint Sara, en passant un bras protecteur autour de Lola.

— Du calme, maman ours. Je ne veux pas manquer de respect. C'est un compliment que je souhaite faire à la demoiselle. Elle le sait, n'est-ce pas? demanda-t-il, en regardant Lola avec espoir.

Lola, qui avait fixé le sol pour atténuer son rougissement, fut forcée de lever les yeux vers ces yeux bleu acier. *Seigneur, qu'il est beau*, pensa-t-elle, et elle bégaya :

— Oui, bien sûr. Ce n'est pas un problème. Je suis fille unique, donc je n'ai pas l'habitude des taquineries. C'est rafraîchissant ! s'exclama-t-elle avec autant d'enthousiasme qu'elle le put.

Il n'y eut pas le temps d'en discuter davantage, car les lumières clignotèrent : il était l'heure d'aller en cours.

SARA ACCOMPAGNA LOLA à son premier cours, s'arrêtant en chemin pour lui indiquer les autres salles de classe de son emploi du temps matinal. Elles étaient effectivement assez accessibles et proches les unes des autres. Alors que Sara entrait dans une salle de classe, Lola se demanda si elle allait devoir s'asseoir dans un cours avec un groupe d'enfants de 13 ans.

Elle prit une profonde inspiration et ouvrit la porte de la salle E-121. C'était une salle de classe de taille moyenne, mais il n'y avait que six tables avec deux chaises chacune. Des manuels étaient soigneusement disposés au centre de chaque table. À l'avant, il y avait le bureau du professeur et, derrière, un tableau noir classique. Le tableau était encadré par deux grandes fenêtres panoramiques ornées de lourds rideaux en velours bleu marine. À droite, une porte menait à ce qui semblait être le bureau du professeur. Sur le mur de gauche se trouvait une série d'affiches dessinées à la main représentant divers artefacts, cartes et autres données historiques ou géographiques.

Lola essayait de décider où s'asseoir. Elle regarda sa montre ; il était huit heures douze, mais la salle était vide. Elle était clairement dans la bonne salle pour son cours d'*histoire des artefacts magiques*. Elle vérifia à nouveau son emploi du temps ; le cours devait commencer à huit heures quinze.

Elle posa sa sacoche sur l'une des tables de devant et s'approcha timidement de la porte du bureau pour voir si le professeur s'y trouvait.

Il était assis dans un fauteuil devant la cheminée, lisant attentivement. Lola s'éclaircit la gorge, mais n'obtint aucune réaction de l'homme. Il avait l'air du professeur distrait typique. Ses cheveux roux bouclés étaient en désordre, ses lunettes avaient glissé jusqu'au bout de son nez, et bien qu'il semblât proprement vêtu, il avait quand même l'air un peu froissé.

Lola frappa doucement sur le montant de la porte et dit :

— Dr McClary ?

Il leva les yeux, un peu surpris. Puis, regardant l'heure sur l'horloge de la cheminée, il se leva rapidement.

— Un instant, mademoiselle. Je suis à vous tout de suite, dit-il en lui faisant signe de retourner dans la salle de classe.

Lola marmonna un « D'accord » et alla s'asseoir à la table, seule.

Pendant ce temps, le Dr McClary saisit sa veste de costume du dossier du fauteuil et l'enfila. Vérifiant son reflet dans le miroir au-dessus de la cheminée, il redressa sa cravate, vérifia ses dents et hocha la tête en signe d'approbation.

Il sortit de son bureau au moment où une sonnerie retentit. Il était huit heures quinze.

— Bonjour, classe, dit-il à la salle en entrant. Puis, voyant Lola seule, il alla à son bureau et consulta son agenda. Son visage prit une expression de compréhension lorsqu'il regarda à nouveau Lola.

— Vous devez être Mlle Evers. Bienvenue à L'académie. C'est votre tout premier jour, n'est-ce pas ? demanda-t-il en s'approchant d'elle.

Il avait un fort accent écossais, bien que son élocution fût très claire. Aux oreilles de Lola, cela sonnait plutôt musical.

— Oui, monsieur, répondit-elle en se demandant si elle devait se lever.

Il lui tendit la main pour la saluer et dit :

— Je suis le Dr McClary, mais vous le saviez déjà.

Il rit doucement.

— Votre situation est un peu particulière, bien que pas unique.

Comme sur un signal, la porte de la classe s'ouvrit et Devlin entra.

— Je m'excuse pour mon retard, Dr McClary. J'ai un mot du direc-

43

teur, dit Devlin en traversant rapidement la rangée de bureaux pour lui remettre le parchemin.

Le professeur le prit et le lut. Devlin se tenait droit comme un piquet devant lui, le dépassant d'au moins une tête. Le Dr McClary hochait la tête en lisant. Il enroula le parchemin et le posa sur son bureau.

— Comme je le disais, votre situation, Mlle Evers, n'est pas unique. M. Johansson ici présent est également nouveau à l'école. Vous êtes-vous rencontrés ? demanda le professeur.

— Oui, répondirent-ils en même temps avant de s'arrêter pour laisser l'autre répondre.

Cela sembla être une réponse satisfaisante pour le professeur, qui fit signe à Devlin de s'asseoir à la table de droite. Lola et Devlin échangèrent un rapide sourire puis se tournèrent vers le professeur, attendant ses instructions.

— Ce cours s'intitule *histoire des artefacts magiques*. C'est le troisième d'une série de cours d'été. Le premier étant *histoire de la magie*, et le second *histoire des mondes magiques*. Vous devrez compléter les trois au cours des deux prochaines semaines. C'est pourquoi vous n'êtes que deux. Si vous avez besoin de plus de temps, vous pourrez poursuivre vos études de manière indépendante à la maison, tant que vous aurez terminé vos devoirs avant le trimestre d'automne. Cette série est un prérequis pour le programme universitaire et comme vous passerez le trimestre d'automne à terminer vos diplômes de lycée, vous n'aurez pas de temps à y consacrer, expliqua le professeur.

Il se dirigea vers son bureau et prit deux carnets reliés en cuir. Il en tendit un à chacun d'eux. Lola le remercia en prenant le sien et le posa sur son bureau. Les mots *L'académie* étaient gravés en relief en haut. Son nom complet était gravé en bas — Lola Simone Evers. Impressionnée, elle passa ses doigts sur les lettres de son nom.

— Ce sont vos agendas. Vous n'en recevrez qu'un, alors gardez-les précieusement et tenez-les propres. Si vous les ouvrez, vous verrez qu'ils ont un intérieur amovible. Les agendas vont de juillet à juin. Environ une semaine avant chaque trimestre, votre emploi du temps se remplira automatiquement, dit le Dr McClary, faisant les cent pas devant leurs tables, comme s'il donnait un cours à une classe pleine.

Il a déjà fait ça, pensa Lola en feuilletant jusqu'à la date du jour et en constatant avec étonnement que tous ses cours étaient déjà inscrits. Elle sourit et feuilleta jusqu'à la semaine suivante pour trouver celle-ci également remplie. « C'est trop cool ! » chuchota-t-elle pour elle-même.

Le professeur continua son va-et-vient tout en poursuivant :

— On vous a fourni une liste de règles. Elles sont commodément répétées à la page quatre de l'agenda, ainsi que la liste des vêtements qui vous ont été fournis. Assurez-vous de laisser ces articles dans votre dortoir lorsque vous partirez la semaine prochaine et de faire laver tous les vêtements sales pour qu'ils soient prêts à votre retour.

Il s'arrêta de marcher et les regarda.

— Avez-vous des cahiers ? demanda-t-il.

Ils acquiescèrent tous les deux et les sortirent de leurs sacs.

— Commençons, dit-il en reprenant sa marche.

— Vous aurez remarqué que tous les étudiants de L'académie sont humains. Je devrais plutôt dire la plupart des étudiants. Certains élèves sont à moitié humains, corrigea-t-il.

Lola mourait d'envie de demander quelle pouvait être leur autre moitié, mais elle était sûre qu'il aborderait bientôt ce sujet.

— Le corps enseignant, cependant, ne l'est pas. En fait, le Dr Thompson et moi-même sommes les seuls professeurs humains de L'académie. C'est un grand honneur. Si vous souhaitez en savoir plus sur nos parcours ici, vous trouverez nos mémoires à la bibliothèque. Les détails sur les différents types d'êtres magiques présents ici à l'école seront abordés dans le cours de *communautés magiques* auquel je crois que vous êtes inscrits. Je m'en remettrai à Sir Kravchuk.

Lola et Devlin prenaient tous deux des notes et écoutaient attentivement. Le professeur prit le manuel du haut de la pile sur la table de Lola et le lui tendit. Devlin prit son propre livre.

— Allez à l'illustration de la page treize. Ce tableau présente les différentes lignées magiques par rapport aux humains. Dans cette école, vous ne trouverez ni sorcières, ni sorciers, ni mages. Il existe d'autres écoles pour eux. Bien que vous ayez des cours d'herbologie à

L'académie, ne vous attendez pas à produire des potions magiques. On vous enseignera l'art de la guérison à travers *l'herbologie*. Et même si on vous apprend le *latin pour incantations*, n'espérez pas faire des sorts élaborés, expliqua le professeur.

Le visage de Lola se décomposa. Elle s'imaginait déjà agiter une baguette magique et faire apparaître une pizza pepperoni à croûte farcie. Puis, elle repensa aux incantations que son père avait utilisées à partir des Archives et se demanda si celles-ci étaient considérées comme de la sorcellerie. Elle ne manquerait pas de le demander au Dr Thompson lors du prochain cours.

— Quels types d'humains magiques avons-nous ici à L'académie? Premièrement, évidemment, il y a les voyageurs. Représentant environ soixante-quinze pour cent des étudiants, les voyageurs sont ceux qui possèdent une clé et peuvent voyager dans le monde connu. Deuxièmement, il y a les marcheurs du temps, ceux qui peuvent voyager dans le monde connu à n'importe quelle époque de leur choix. Ils représentent environ vingt pour cent des étudiants. Troisièmement, il y a les voyageurs des mondes. Un don très rare, cinq pour cent des étudiants peuvent voyager dans le monde connu ainsi que dans d'autres mondes. Les plus habiles créent des mondes comme celui dans lequel nous nous trouvons. Une compétence possédée, jusqu'à présent, uniquement par les Hauts Elfes.

Lola écrivait frénétiquement dans son cahier en essayant de ne pas hyperventiler. Une sonnerie retentit pour signaler la fin du cours. Dr McClary leur demanda de lire les cinq premiers chapitres avant leur prochain cours et les libéra. Lola en prit note dans son nouvel agenda, rangea ses affaires dans sa sacoche et se dirigea vers son prochain cours.

CHAPITRE 8

CHARGE DE COURS

Lola eut une expérience similaire dans son deuxième cours. La salle de classe était identique, tout comme le bureau du professeur, bien que le Dr Thompson, un Anglais, soit beaucoup plus soigné tant dans son apparence que dans sa décoration. C'était un homme de taille moyenne, aux cheveux bruns courts et bien coiffés, et aux yeux marron perçants. Le genre de regard qui ne laissait rien passer. Son costume trois-pièces était parfaitement repassé, bien qu'un peu ennuyeux. Il avait un air jovial, mais Lola pouvait deviner qu'il serait ferme et exigeant. Il avait déjà écrit des notes au tableau.

Alors qu'ils se présentaient, Devlin entra. Il semblait qu'ils formaient une paire assortie pour le programme d'été. Du moins pour les cours théoriques. La bonne nouvelle était que Lola n'avait pas le temps de rougir ou de trop réfléchir, car il y avait tant d'informations à absorber. Cela maintenait son esprit sur des sujets sûrs. Elle aimait l'école, en général. Et les sujets présentés, bien qu'un peu lourds pour les vacances d'été, étaient intéressants. Ce cours serait facile. Lola n'avait jamais étudié le latin, mais elle avait fait trois ans d'espagnol et les langues lui venaient facilement.

Ils s'assirent à leurs places respectives et le professeur commença. Lui aussi annonça que ce cours était le troisième d'une série qu'ils devraient maîtriser avant le semestre d'automne. Le premier cours était *les bases du latin*, le deuxième s'appelait *latin avancé*, et le troisième *latin pour incantations*. Les trois manuels étaient sur les tables et les informations au tableau étaient le plan du premier cours ainsi que leur devoir. Il semblait que Lola n'allait pas avoir beaucoup de temps libre le soir et qu'elle avait maintenant des plans pour samedi ainsi que dimanche matin.

Bientôt, la cloche sonna et il était temps de passer au cours suivant. Au lieu de se séparer, Devlin et Lola vérifièrent leurs emplois du temps et confirmèrent qu'ils étaient ensemble pour les deux prochains cours. Ils convinrent qu'ils pouvaient aussi bien rester ensemble.

EN ENTRANT dans une autre salle de classe identique, ils furent surpris de voir leur professeur, Sir Kravchuk, assis sur son bureau, fumant une pipe qui n'émettait aucune fumée tout en fixant intensément le plafond. *Il doit être plongé dans ses pensées.* Elle rougit en se souvenant comment elle s'était évanouie la première fois qu'elle l'avait vu lors de l'orientation. Elle ne l'avait pas vraiment bien regardé à ce moment-là. Bien qu'on lui ait depuis dit qu'il était un gobelin, il avait la taille d'un nain, ou d'une personne de petite taille si l'on voulait être politiquement correct.

Cependant, sa tête semblait un peu plus proportionnelle au reste de son corps. Ses traits distinctifs étaient son nez crochu et ses longues oreilles pointues. Contrairement à ce que Lola avait lu, sa peau n'était pas verte, bien qu'elle fût d'une teinte plus foncée que la sienne. Était-ce sa couleur de peau naturelle ou le résultat d'une exposition au soleil, Lola n'en avait aucune idée, mais avait hâte de le découvrir.

Ils s'approchèrent lentement de son bureau, pour ne pas le prendre au dépourvu. Ils semblaient tous deux un peu méfiants. Lorsqu'ils se tinrent à côté de la première rangée de bureaux, Devlin prit la parole pour attirer son attention.

— Bonjour, Sir Kravchuk. Nous sommes Lola et Devlin. Ravi de faire votre connaissance, dit-il avec une certaine révérence.

Lola se demanda si elle devait faire une révérence. Après tout, il était appelé *Sir*.

Ses yeux se tournèrent instantanément vers eux et il sembla d'abord les regarder d'un air renfrogné. Il les examina chacun, de la tête aux pieds, pendant un bon moment. Son regard était si intense que Lola commençait à s'agiter sous son examen. Il se retourna et déposa sa pipe dans un bol sur son bureau et descendit en utilisant une boîte en bois à trois marches sur le côté du bureau. Il fit le tour et piqua du doigt le ventre de Lola. Il était à hauteur des yeux avec celui-ci.

Quand Lola sursauta, il demanda :

— Allez-vous vous évanouir à nouveau ?

Son petit corps trapu tremblait de rire et il se frappa la cuisse. Devlin la regarda d'un air interrogateur, mais elle ne répondit pas. Elle se demandait si elle devait rire aussi, ou pleurer, ou fuir, ou même feindre un autre évanouissement. Ses mains agrippaient le bas de son blazer.

— Je m'excuse, monsieur. Je ne voulais pas manquer de respect. Je n'avais jamais vu quelqu'un qui n'était pas... humain auparavant, dit-elle diplomatiquement.

Son visage devint plus sérieux et un sourire bienveillant de grand-père apparut sur ses lèvres.

— Ne vous inquiétez pas pour ça. Je plaisantais juste. J'essayais aussi de faire passer un message. C'est inconfortable d'être dévisagé, bien qu'il soit parfaitement normal d'être curieux, dit-il en agitant un doigt.

Il s'approcha de Devlin et lui piqua la cuisse, puis retourna s'asseoir sur son bureau.

— C'est pourquoi l'étude des *communautés magiques* est au programme pour nos nouveaux arrivants, bien qu'ils soient habituellement beaucoup plus jeunes que vous deux. Une fois que nous aurons terminé le programme de ce cours, nous passerons au niveau suivant et final, dit-il en s'asseyant sur sa chaise.

Lola jeta un coup d'œil à la table à sa gauche et vit deux manuels identiques — Niveaux 1 et 2. Devlin changeait d'appui d'un pied à l'autre. Cela incita le professeur à les inviter à s'asseoir et à sortir un cahier. Il fit ensuite un geste vers l'arrière en direction du tableau noir et celui-ci se remplit de texte en une belle écriture cursive. Les lèvres de Lola formèrent un *O* mais elle ne fit aucun son. Devlin poussa un bruyant « Wow ». Sir Kravchuk se contenta de rire et commença son cours.

— *Communautés magiques* fait référence aux espèces humanoïdes d'êtres non-célestes qui possèdent des capacités ou des prédispositions magiques. Cela inclut les sous-espèces humaines telles que les sorciers, les mages, les sorcières, et d'autres types de magiciens. Nous ne les aborderons pas dans ce cours, car les informations sont facilement disponibles sur votre Internet. Nous ne couvrirons pas non plus les espèces qui fréquentent cette école, car cela sera abordé dans le cours du Dr McClary. Le niveau 1 de ce cours couvrira donc les connaissances générales sur les nains, les gobelins, les gnomes, les elfes — pensez aux Elfes Keebler, les Hauts Elfes — pensez aux elfes du Seigneur des Anneaux, les fées, les lutins, les sirènes, les ondines, et les valkyries. Le niveau 2 de ce cours enseigne comment interagir positivement avec chacune de ces espèces.

Lola et Devlin prenaient tous deux des notes. Quand ils semblèrent avoir terminé d'écrire ce qu'il avait déjà inscrit au tableau, il agita à nouveau la main pour faire apparaître plus de notes à la suite. Il continua son cours jusqu'à ce que la sonnerie retentisse et leur donna leur devoir avant de les congédier.

Lola commençait à être à bout de forces. Sa main lui faisait mal d'avoir pris tant de notes et elle commençait à se sentir dépassée par tous les devoirs qu'elle aurait à faire. Devlin marchait silencieusement à côté d'elle alors qu'ils se dirigeaient vers leur dernier cours de la matinée. Puis, juste avant d'entrer dans la salle de classe, il lui toucha légèrement le bras pour attirer son attention.

— Courage, plus qu'un avant le déjeuner ! dit-il avec un clin d'œil.

Lola était trop fatiguée pour rire, mais elle sourit.

— Oui, mais regarde tous les devoirs qu'on a ! Comment on est censés faire tout ça avant le prochain cours ? demanda-t-elle.

— Si tu veux, on peut travailler ensemble à la bibliothèque après le dîner. Pour gagner du temps, on pourrait lire les chapitres de différents cours, prendre des notes et les partager, suggéra-t-il avec optimisme.

Le visage de Lola s'illumina.

— C'est une idée brillante. Ensuite, quand on aura plus de temps, on pourra relire ces chapitres pour que ça rentre bien, dit-elle avec enthousiasme.

Devlin sourit et hocha la tête en signe d'accord. Il ouvrit la porte et lui fit signe d'entrer dans la salle de classe. Si Devlin avait remonté le moral de Lola avec ses paroles encourageantes, la vue qui s'offrait à elle fit chanter son cœur. La salle de classe, bien qu'identique aux autres de l'extérieur, réservait une belle surprise à l'intérieur. Il y avait les mêmes deux rangées de bureaux, le bureau de la professeure et le bureau, mais derrière le bureau, au lieu d'un tableau noir flanqué de fenêtres à guillotine, il y avait deux portes-fenêtres menant à une immense serre. La professeure n'était nulle part en vue, mais une des portes-fenêtres était entrouverte. Ils déposèrent leurs sacs sur les tables et partirent à la recherche de leur professeure d'herbologie.

En entrant, Lola fut d'abord frappée par l'odeur. Un mélange parfumé de pluie fraîche, de terre humide et de fleurs inconnues. C'était merveilleux. Devlin semblait l'apprécier aussi, car il ne cessait de prendre de grandes respirations et de soupirer. Lola fit de même et sentit tout le stress quitter son corps. Ils marchèrent lentement dans l'allée principale, complètement fascinés. Pour autant que Lola puisse en juger, elle ne reconnaissait aucune des plantes qu'elle voyait. Mais elles étaient magnifiques. Les couleurs étaient si vives et inhabituelles ; des pétales bleus sur une sorte de marguerite, un oranger qui produisait des fruits vert vif. Il y avait même une couverture végétale violette. Devlin ne cessait de pointer du doigt des choses en lui disant de regarder et elle faisait de même. Les plantes avaient des étiquettes écrites en latin. Lola en déduisit qu'ils mettraient leurs leçons en pratique plus tôt que prévu.

Arrivés au bout de l'allée, il y avait une autre paire de portes-fenêtres menant à l'extérieur. Devant elles se trouvait une longue table avec ce qui ressemblait à une maquette de l'école à petite échelle. Lola s'émerveilla de la beauté de la construction, bien qu'elle ne puisse dire si c'était une bonne reproduction, car elle n'était pas encore sortie. C'était néanmoins génial pour se repérer. Il n'y avait pas de dôme, mais une *clôture* en plexiglas transparent autour de la propriété. Il y avait de nombreux sentiers, mais pas de routes. Ce qui était logique puisque les routes ne mèneraient nulle part. Devlin fit le tour de la table, regardant de près et souriant.

— C'est incroyable. Regarde, ils ont même une abeille rose qui vole, dit-il en pointant un point rose qui planait au-dessus de quelques arbustes près de l'entrée principale. Lola n'écoutait qu'à moitié, car elle aussi avait aperçu un mouvement. Dans la serre. Elle pouvait voir quelque chose de bleu et de rouge.

— Non! s'exclama-t-elle avec incrédulité. Devlin, peux-tu te retourner et faire un signe de la main à quelqu'un dehors? demanda-t-elle.

Devlin se retourna et commença à agiter la main, mais ne vit personne.

— Il n'y a personne dehors, dit-il avec confusion.

— Fais-moi plaisir, fut la réponse de Lola.

À contrecœur, Devlin agita le bras en guise de salut à la personne invisible.

Lola poussa un cri.

— Quoi? demanda-t-il en courant de l'autre côté de la table pour la rejoindre.

Lola pointait du doigt la serre d'une main tremblante.

— Quoi? demanda à nouveau Devlin. As-tu vu un serpent? tenta-t-il.

— Ce n'est pas une maquette, c'est une sorte d'image miroir. C'est nous dans la serre. Quand tu as fait signe, je t'ai vu à travers la vitre! dit Lola à bout de souffle.

Devlin commença à rire, mais l'expression de Lola le calma rapidement. Il se pencha pour regarder de plus près. Il ne pouvait évidemment pas se voir devant la porte puisqu'il était maintenant de l'autre côté de la table. À ce moment-là, alors qu'ils scrutaient attentivement en essayant d'apercevoir leur reflet, l'abeille rose vint se placer devant la porte de la serre. Ils se regardèrent, puis se redressèrent pour regarder par la vraie porte. Quelque chose planait bien là. Et c'était rose, mais ce n'était pas une abeille. Elle se transformait en professeure Elderberry! Ses pieds touchèrent le sol dans un atterrissage gracieux, et elle ouvrit la porte.

— Bonjour, les enfants. Bienvenue en cours d'*herbologie*! dit-elle avec un sourire éblouissant.

Puis tout devint noir.

CHAPITRE 9
LA MAGIE

Lola était en train de rêver. Elle volait sur un tapis magique au-dessus d'un champ de lavande. Elle tendit la main pour cueillir une fleur et la porta à son nez, mais l'odeur était nauséabonde, et la fleur lui parlait.

— Lola, réveille-toi ! dit la fleur.

Ses paupières papillonnèrent plusieurs fois et elle crut ouvrir les yeux. Cendrillon était agenouillée à côté d'elle, agitant une fleur verte malodorante devant son visage. Elle l'écarta d'un geste et ferma les yeux, voulant retourner sur le tapis magique.

— Lola ! dit une voix qui n'était pas celle de Cendrillon.

C'était celle d'un homme qui lui semblait familière, mais elle n'arrivait pas à la situer. Puis quelqu'un posa quelque chose de frais sur son front et lui caressa la tête.

— Phyllis, c'est toi ? demanda-t-elle d'une voix rêveuse.

— Non, c'est Devlin. Tu dois te réveiller maintenant, dit la voix.

Devlin ? Lola était confuse. Que faisait-il dans son rêve ? Puis elle se souvint et ses yeux s'ouvrirent brusquement.

— Doucement, dit Cendrillon, ou plutôt la professeure Elderberry semblait-il. Nous n'avons pas eu d'évanouissement depuis des années,

55

comme c'est agréable ! s'exclama-t-elle joyeusement bien qu'elle ne semblât pas se moquer de Lola.

Lola plissa les yeux vers elle.

— Vous étiez une abeille. Vous voliez dehors ! l'accusa-t-elle.

— Oui, ma chère. Je peux aussi voler à l'intérieur, mais c'est un peu étroit ici, répondit la professeure.

Devlin trouva ça drôle, mais Lola n'en était pas si sûre. Elle commença à se lever, mais la professeure et Devlin la prirent chacun par un bras et l'aidèrent doucement à se redresser pour éviter qu'elle n'ait un vertige.

— Euh, merci. Je m'excuse de m'être évanouie, dit Lola maladroitement. C'est alors qu'elle remarqua qu'elle était allongée sur la table du premier rang de la classe. Elle descendit de la table, lissa son uniforme et tendit la main.

— Bonjour, Professeure Elderberry, je suis Lola Evers, dit-elle.

L'enseignante lui serra la main et posa son autre main sur l'épaule de Lola avant de répondre :

— Ravie de te rencontrer, Lola. Je t'en prie, appelle-moi Petunia. Je sais que nous allons devenir de grandes amies.

Lola sourit et prit place. Devlin fit de même. Ils étaient prêts à commencer.

— Comme je le disais avant, bienvenue en *herbologie*. Je suis sûre qu'on vous a déjà dit que vous avez beaucoup de rattrapage à faire, dit la professeure, les mains croisées derrière le dos alors qu'elle se tenait devant son bureau.

Lola observa son apparence magique. Elle portait une jolie robe en mousseline rose qui aurait été plus adaptée à un déjeuner entre dames. Ses cheveux étaient coiffés en un chignon élaboré composé d'une longue tresse blonde lâche entrelacée de brins séchés et enroulée en spirale sur le dessus de sa tête. Elle ressemblait vraiment à une princesse de conte de fées.

— Vous vous demandez peut-être aussi pourquoi le cours ne fait pas partie du programme de l'après-midi, poursuivit-elle. C'est très simple. Je trouve qu'étudier les plantes dans les livres n'est ni efficace ni agréable ! Il faut voir une plante, la sentir et la toucher pour vraiment la connaître. Et vous devez bien la connaître avant de pouvoir faire quoi que ce soit avec elle, dit-elle avec beaucoup de ferveur.

— Sortez vos cahiers.

Elle attendit qu'ils soient prêts et continua :

— Il y a deux cours d'*herbologie* proposés dans le programme d'été. Le premier est connu sous le nom d'*introduction à l'herbologie* ; il couvre les bases de l'identification et des propriétés des plantes. Le second est l'*herbologie pour le bien-être* et explique comment utiliser les herbes dans la vie quotidienne. L'*herbologie pour la guérison* n'est proposée qu'au niveau universitaire.

Elle sortit une petite baguette de sa poche et tapota l'air devant Lola et Devlin.

Un parchemin apparut devant chacun d'eux, suspendu dans les airs à hauteur des yeux.

— Voici vos devoirs, notez-les, leur dit-elle patiemment.

Ils entendirent la cloche et notèrent rapidement les informations dans leurs agendas, et Devlin s'exclama :

— Le déjeuner !

Lola rit tout en attrapant un manuel et en rangeant ses affaires dans son sac. Il devenait lourd !

Devlin l'attendait près de la porte. Elle se tourna vers la professeure et dit : « Merci pour votre aide, Professeure Elderberry. À demain ! » et alla rejoindre Devlin.

— Appelle-moi Petunia ! lança l'enseignante en leur faisant signe. Et si tu veux aider ou simplement faire une pause, la serre est ouverte aux étudiants de six heures trente à sept heures trente le matin.

Lola sourit et répondit : « Merci, je m'en souviendrai ! » en quittant la pièce.

— J'ÉTAIS MORTIFIÉE, raconta-t-elle à Sara et au groupe à propos de son évanouissement, une fois de plus, pendant le déjeuner.

Inutile d'essayer de le garder secret ; elle était sûre que ça se saurait assez vite. Tout le monde rit avec bienveillance.

La conversation s'éteignit dès que la nourriture fut servie. Tout le monde était affamé, y compris Lola. Au menu aujourd'hui, il y avait une énorme salade verte avec un choix de trois vinaigrettes, un chaudron de soupe de fruits de mer bien chaud, des pilons de poulet rôtis au citron et aux herbes, et des frites de patates douces. Pour le dessert, il y avait des pots de crème anglaise et des biscuits sablés assortis. Au déjeuner, des carafes de café et de thé étaient placées sur les tables avec les pichets d'eau.

Les assiettes circulèrent et bientôt tout le monde mangeait joyeusement. Peu à peu, le volume sonore de la salle augmenta tandis que les adolescents bavardaient avec enthousiasme de leur première journée de cours. Lola réalisa qu'elle avait passé la matinée avec Devlin, mais n'avait échangé que quelques mots avec lui. Elle avait été complètement absorbée par les cours, les professeurs et, surtout, la magie. Elle lui jeta un regard en coin. Il discutait avec Colin et James, essayant de leur faire comprendre que leurs noms combinés étaient ceux d'un chanteur. La raison pour laquelle Sara avait demandé s'il était tombé du ciel était évidente. Il ressemblait à un chérubin avec tous ces cheveux blonds bouclés et sa peau claire. *Peut-être qu'un de ses parents était un ange.*

Elle regarda autour d'elle pour voir si quelqu'un d'autre se démarquait autant que lui. Quand personne n'attira son attention, elle se demanda si la seule raison pour laquelle il se démarquait autant était qu'elle l'aimait bien. Peut-être que l'éclat qui émanait de sa peau n'était que le fruit de son imagination. Elle se pencha vers Sara et chuchota :

— Tu crois que Devlin est en partie un ange ?

Sara éclata de rire, attirant l'attention de tout le monde. Lola lui fit les gros yeux pour qu'elle se taise. Mais Lenora et Clara demandaient ce qui était si drôle. Sara fit un clin d'œil complice à Lola et s'exclama :

— Lola vient de réaliser que tous les prénoms des filles à table se terminent par un *a* !

Lenora fronça les sourcils et répondit :

— C'est vrai, mais pourquoi est-ce si drôle ?

58

— Parce qu'elle m'a posé la question hier soir et que j'allais lui expliquer quand on arriverait dans la chambre, mais on s'est tellement laissé emporter à parler des garçons que ça m'est complètement sorti de l'esprit ! mentit-elle avec aisance.

Les yeux de Lola s'écarquillèrent quand elle réalisa qu'elle avait oublié de poser la question à Sara.

Elles furent sauvées de questions plus insistantes quand Devlin intervint :

— Hé, c'est vrai ! Pourquoi vos prénoms se terminent tous par un *a* ? C'est le cas de toutes les filles de l'école ou juste celles à cette table ?

Il n'avait adressé cette question à personne en particulier.

Les filles se regardèrent comme pour décider qui répondrait à cette question pour les nouveaux. Elles semblèrent s'accorder sur Lenora.

— Eh bien, c'est une coutume ancienne. À l'époque où la magie était connue de tous, donner aux filles un prénom se terminant par un *a* aidait à identifier celles qui avaient des pouvoirs magiques, expliqua-t-elle.

— Mais que se passait-il si quelqu'un appelait son enfant non magique Glenda ? demanda Lola.

— Ils ne l'auraient jamais fait à l'époque. C'était un fait accepté, répondit Lenora.

— Mais qu'en est-il des garçons ? demanda Devlin.

— Les capacités magiques se transmettent par la mère. Donc, si la mère d'un garçon avait un *a* à la fin de son prénom, on supposait qu'il avait aussi des capacités magiques, dit-elle.

Lola réfléchissait à tout cela. Ça semblait tiré par les cheveux.

— Mais ma mère n'avait aucune capacité magique et je n'ai découvert que récemment que ça venait de mon père. Je suis presque sûre qu'elle a choisi mon prénom sans rapport avec cette coutume, dit-elle.

— C'est peut-être vrai. Mais c'est une sacrée coïncidence, tu ne trouves pas ? répondit Sara.

Les lumières clignotèrent, indiquant la fin du déjeuner. Lola décida d'approfondir cette question quand elle aurait du temps libre.

CHAPITRE 10
MAGIE PRATIQUE

Lola et Sara retournèrent dans leur chambre pour déposer et vider leurs sacs de cours et prendre leurs affaires pour l'après-midi. Le sac à linge monogrammé faisait parfaitement office de sac de sport. Bien que Lola portait habituellement ses cheveux détachés, elle décida de les tresser au cas où les activités de l'après-midi l'exigeraient. Elle avait d'abord le cours de *voyage*, puis celui d'*arts martiaux*. C'était un soulagement de ne rien avoir de trop éprouvant juste après le déjeuner, car elle était rassasiée.

Elles redescendirent rapidement pour attendre leurs professeurs dans le hall principal. Sara lui demanda comment s'étaient passés ses cours du matin et Lola lui expliqua les leçons semi-privées et l'énorme charge de travail. Sara grogna par sympathie pour son amie et lui dit que rien de trop intéressant ne se passait le soir pendant le programme d'été, à part les feux de camp occasionnels où ils faisaient des s'mores. La plupart des activités visaient à occuper les plus jeunes et à les tenir hors de problèmes — comme des jeux de société, des chasses au trésor et divers sports d'équipe. Ils n'étaient pas habitués à passer autant de temps loin des écrans et des appareils, et les garçons avaient beaucoup d'énergie.

Le hall se remplissait d'élèves et Sara dut élever un peu la voix pour demander des nouvelles de Devlin. Lola n'avait rien à partager. Elle espérait avoir l'occasion d'apprendre à le connaître au fil des jours. Mais elle parla à Sara de leurs futurs rendez-vous d'étude.

— Eh bien, c'est prometteur! Deux amoureux de lecture qui flirtent à la bibliothèque après la tombée de la nuit, dit Sara, regardant dans le vide comme si elle imaginait la scène.

Lola la poussa avec son épaule.

— Arrête ça! dit-elle, puis elle se figea lorsque les lumières vacillèrent et que tout le monde se tut.

Les professeurs arrivèrent et, un par un, ils invitèrent les élèves à les suivre. Les cours d'*arts martiaux* et de *pleine conscience et médita-tion* étaient situés vers l'extérieur, tandis que les cours de *voyage* et de *magie* se tenaient dans l'aile ouest. Lola et Devlin suivirent Lady Samsara jusqu'à la salle de classe. En chemin, elle leur dit qu'ils pour-raient la retrouver directement là-bas le lendemain, car ils étaient assez âgés pour qu'on leur fasse confiance seuls dans l'aile ouest. Lola trouva cette déclaration étrange, mais hésita à demander plus d'informations. Devlin n'avait aucun scrupule et demanda rapidement :

— Que voulez-vous dire, Lady Samsara?

— Les élèves ne sont pas autorisés dans l'aile ouest en été sans supervision d'un adulte. Les salles de classe contiennent certains composants volatils qui pourraient conduire à des blessures entre des mains novices, a-t-elle expliqué.

A ce moment-là, Lola était encore plus curieuse. Cela semblait cryptique et dangereux. *Que se passe-t-il dans l'aile ouest?* se deman-dait-elle.

Leur professeure était très gracieuse; elle semblait glisser dans le hall, sa longue robe flottante effleurant le sol à chacun de ses pas. Elle avait de très longs cheveux blanc argenté attachés en arrière par une chaîne d'argent reliée à un fin diadème d'argent orné d'une pierre bleu argenté au niveau du troisième œil. Elle ne portait aucun autre ornement.

Sa peau était pâle et fine comme du papier. Lola ne voyait aucun signe d'âge, mais elle avait la nette impression que Lady Samsara était plus âgée qu'elle n'y paraissait.

En arrivant dans l'aile ouest, Lola essaya de voir à l'intérieur des salles de classe, mais la plupart des portes n'avaient pas de fenêtres et celles qui en avaient étaient givrées. Il y avait beaucoup de portes ici. Lola était sur le point de demander quels autres cours étaient enseignés ici quand Lady Samsara la devança.

— Ces salles sont principalement utilisées pendant l'année scolaire pour les cours universitaires que vous suivrez à l'automne, dit-elle en s'arrêtant devant une porte marquée simplement W-155. Elle sortit une clé ancienne et déverrouilla la porte. Ce faisant, elle prononça des mots trop doucement pour que Lola les entende, mais il était évident qu'il s'agissait d'un sort ou d'une formule de passage.

La porte s'ouvrit sur une très grande pièce, divisée par une cloison en verre du sol au plafond. D'un côté se trouvait l'aménagement standard d'une salle de classe avec de longues tables, un bureau de professeur et un tableau noir. L'autre côté était vide, bien que Lola puisse voir des points verts numérotés sur le sol à intervalles réguliers.

Lady Samsara les conduisit dans la salle de classe, et ils s'installèrent à leurs places habituelles. Tous deux sortirent un cahier et un stylo et étaient prêts à commencer à prendre des notes. *Des élèves modèles*, pensa-t-elle avec ironie.

La professeure se dirigea vers son bureau et récupéra deux petits livres qu'elle leur distribua. Les exemplaires reliés en cuir étaient gravés à leurs noms et s'intitulaient *Le manuel du voyageur*.

— Si vous aviez suivi le cours normal des choses, vous auriez reçu ceci il y a quatre ans et vous le connaîtriez par cœur. Mémorisez-le ; vous *serez* testés, dit-elle sévèrement.

— Ouvrez vos livres au *Chapitre 1, Se préparer au voyage*. Lequel d'entre vous a déjà voyagé seul jusqu'à présent ? demanda-t-elle.

Les examinant de plus près, elle ajouta :

— Je vois que vous portez tous les deux vos clés, donc je suppose que vous l'avez fait.

Seule Lola leva la main. Devlin la regarda, stupéfait. La professeure demanda comment elle avait obtenu une clé et quelles instructions elle avait reçues. Quand Lola expliqua l'histoire de sa mère, son déménagement à Williamsburg, les instructions de Phyllis et l'histoire de la famille Evers, la professeure sembla consternée. Lola était heureuse de ne pas avoir mentionné son père voyageur temporel, le conseil et les incantations. Elle aurait bien le temps de révéler ces faits plus tard.

— Où êtes-vous allée toute seule ? a-t-elle demandé, curieuse.

Ça se complique, pensa Lola. Elle ne voulait pas mentir, mais il n'y avait aucun moyen de dire la vérité sans raconter toute l'histoire.

— Je suis allée sur une plage à Hawaï pendant quelques minutes, a-t-elle finalement dit.

Ce n'était pas un mensonge, elle y était allée, mais avec Phyllis.

Les lèvres pincées en signe de concentration, Lady Samsara la regarda intensément, de la même manière que sa mère le faisait quand elle doutait que Lola dise la vérité, mais elle n'insista pas. Elle se tourna vers Devlin et lui posa des questions sur sa clé. Devlin fixait toujours Lola, bouche bée. Il sursauta un peu lorsque Lady Samsara répéta sa question.

— Oui... J'ai été élevé par ma mère. Je n'ai jamais connu mon père. Ma mère disait qu'il était mort avant ma naissance. Il y a quelques semaines, ma mère a eu un accident de voiture et est morte sur le coup. Comme j'allais avoir dix-huit ans, la *Polisen* a dit que je pouvais rester chez nous sans tuteur, mais ils ont désigné un travailleur social pour venir me voir deux fois par semaine. Quand l'avocat est venu le jour de mon anniversaire, il m'a dit que ma mère m'avait laissé un peu d'argent, mais que je devrais trouver un travail si je voulais continuer à vivre dans notre maison de ville, sinon elle devrait être vendue. Ensuite, il m'a dit que ma mère lui avait confié des choses à me remettre à mes dix-huit ans. Il m'a donné une lettre et une petite boîte en bois finement sculptée. Quand j'ai voulu l'ouvrir, il m'a dit d'attendre d'être seul. Il m'a donné un morceau de papier avec la combinaison du petit cadenas que je n'avais pas remarqué. Il m'a expliqué que ma mère ne l'avait jamais ouverte, car il n'y avait pas de clé. Mais la combinaison du cadenas était cachée dans le feutre sous la boîte. Il m'a souhaité bonne chance, m'a donné sa carte et m'a dit au revoir, expliqua-t-il.

Bien qu'elle voulût lui présenter ses condoléances, lorsque Lola ouvrit la bouche, quelque chose de complètement différent en sortit.

— Qu'y avait-il dans la boîte ? demanda-t-elle, bien qu'elle en eût déjà une petite idée.

Il sembla soulagé pour une raison quelconque et répondit à sa question.

— Il y avait une clé ainsi qu'une petite bille iridescente, dit-il.

— Une bille ? demanda-t-elle, le visage plissé de confusion. Je n'ai pas eu de bille, dit-elle en regardant tour à tour Devlin et Lady Samsara qui hochait la tête d'un air entendu.

— Nous parlerons de la bille plus tard. Pour faire court, cela signifie que Devlin est un voyageur des mondes, déclara-t-elle.

Devlin et Lola arboraient des expressions identiques de stupéfaction. Ni l'un ni l'autre n'avait eu le temps de lire les chapitres assignés dans le manuel d'*histoire de la magie*, mais maintenant ils brûlaient d'envie de le lire de la première à la dernière page.

— Je vois que vous avez beaucoup de questions, dont la plupart trouveront réponse quand vous ouvrirez vos manuels. Pour l'instant, commençons par les bases, dit-elle.

Puis elle ajouta :

— Lola, retournez à la page de garde du manuel et lisez-nous l'avertissement, s'il vous plaît. Elle se déplaça derrière son bureau et s'assit.

Lola ouvrit le manuel à la page de garde et commença à lire à voix haute.

— Voyager, comme conduire un véhicule à moteur, est une compétence qui nécessite des connaissances et de la pratique pour assurer la sécurité de tous. Voyager sans permis, pour ainsi dire, peut conduire à des catastrophes inimaginables et même à des blessures et à la mort.

— Monsieur Johansson, pourriez-vous nous dire ce qui s'est passé quand vous avez sorti la clé de la boîte ? lui demanda la professeure.

Devlin rougit et passa ses doigts dans ses cheveux.

— Une porte est apparue de nulle part, dit-il avec emphase.

Lola rit, se souvenant de son propre étonnement. Puis elle reprit son sérieux en réalisant qu'il avait été seul sans personne pour le guider.

— Je suis désolée. C'était insensible de ma part. Tu as dû avoir peur, dit-elle avec contrition.

— Eh bien, je suis tombé de ma chaise! Ensuite, j'ai remis la clé dans la boîte et j'ai pris la lettre, ce que j'aurais dû faire en premier. N'est-ce pas ce que les parents nous disent, lire la carte avant d'ouvrir le cadeau? dit-il d'un air penaud.

— Que disait la lettre? demanda Lola, fascinée par son histoire.

— Elle venait de ma mère, expliquant que la boîte était apparue de nulle part un jour, quand j'avais environ treize ans. Il n'y avait pas de cachet postal, donc quelqu'un avait dû s'introduire pour la livrer pendant notre absence. La boîte était gravée à mon nom. Elle avait essayé de l'ouvrir, mais n'avait pas trouvé de clé. Elle l'avait rangée dans sa chambre pour que je ne la voie pas. Pendant des jours, elle disait avoir fixé la boîte, incapable de décider quoi faire. Ma mère vient d'une famille très superstitieuse et elle disait que la boîte la rendait nerveuse, comme si elle contenait une énergie maléfique. Finalement, elle l'a confiée à l'avocat pour qu'il la garde. Elle a écrit que c'était maintenant à moi de découvrir ce qu'il y avait à l'intérieur, dit-il solennellement.

— Et ensuite, que s'est-il passé? demanda Lola, suspendue à ses lèvres.

Lady Samsara était maintenant perchée sur le côté de son bureau, écoutant attentivement.

— J'ai tout remis dans la boîte et je suis allé prendre une douche pour m'éclaircir les idées. Quand je suis revenu, une autre lettre était posée sur la table de la cuisine. Elle n'était pas là avant, j'en étais sûr. J'ai vérifié les portes et les fenêtres, mais tout était bien fermé. J'ai ouvert la lettre et c'était une lettre d'admission à L'académie, m'invitant, avec des instructions, à l'orientation. Le reste, comme on dit, appartient à l'histoire, conclut-il.

Lady Samsara se leva et s'approcha de leurs bureaux.

— Je suis vraiment désolée pour vos deux pertes. J'espère que vous considérerez ceux de L'académie comme une seconde famille et un foyer chaque fois que vous en aurez besoin, dit-elle simplement.

Devlin hocha la tête avec raideur et feuilleta les pages du manuel, mal à l'aise.

— Bien, les enfants, suivez-moi, dit-elle en se dirigeant vers la porte menant à l'autre côté de la cloison vitrée. Quand les enfants arrivent ici pour la première fois à l'âge de treize ans, ils n'ont pas reçu leurs clés, ou leurs billes, selon le cas. Bien que la plupart d'entre eux aient vu les membres de leur famille les utiliser, et que certains aient voyagé avec eux. Ils sont impatients de commencer, comme vous pouvez l'imaginer. Elle ouvrit la porte et les laissa entrer avant elle. C'est ici qu'ils font leur première expérience. Dans un environne-ment sécurisé, où ils apprennent à se concentrer et à agir de manière responsable. Cette pièce vous permettra de voyager uniquement à l'intérieur, d'un point à un autre. Plus tard, je pourrai faire en sorte que vous puissiez voyager dans l'école, puis dans le dôme, expliqua-t-elle.

Elle leur fit signe de se tenir chacun sur un point et de remarquer la façon dont ils étaient numérotés. Puis elle demanda à Lola de sortir sa clé. Quand la porte apparut, elle lui demanda de penser à sa maison et d'essayer la porte. C'était impossible. Ensuite, elle lui demanda de penser au numéro vingt-cinq et de visualiser le point vert dans son esprit. Lola s'exécuta. Quand elle ouvrit la porte, une porte identique apparut devant le point numéro vingt-cinq. Elle passa son bras à travers et l'agita. Sa main fut immédiatement visible sortant de l'autre porte. Elle la retira brusquement et mit ses mains sur son visage, choquée.

— Oh mon Dieu, fut tout ce qu'elle put dire.

— Traverse-la ! Traverse-la ! dit Devlin avec excitation.

Lady Samsara rit malgré elle.

— Vous n'êtes pas mieux que les enfants de 13 ans, les réprimanda-t-elle. Peut-être devriez-vous rejoindre leur groupe, suggéra-t-elle.

Lola et Devlin lui lancèrent un regard qui exprimait clairement ce qu'ils pensaient de cette idée.

— Très bien alors, traversez-la, les encouragea-t-elle.

Lola la traversa, mais ne ferma pas la porte. Devlin sautait de haut en bas en criant : « Tu es là-bas ! »

La porte qu'elle avait utilisée pour partir était toujours complète-ment visible, tout comme celle par laquelle elle était arrivée. La professeure lui dit de fermer la porte. Elle le fit, et les deux portes disparurent.

— C'est tellement cool ! s'exclama-t-elle.

Puis se tournant vers Devlin, elle dit : « À ton tour ! »

Après quoi elle ajouta rapidement :

— Si Lady Samsara est d'accord, bien sûr.

— Oui, bien sûr. Devlin, sortez votre clé. Visualisez le point vert dans votre esprit et allez au numéro quinze, conseilla-t-elle.

Devlin sortit sa clé. Elle était attachée à une chaîne et sortit de la poche de son pantalon. Lorsqu'il produisit la clé, une porte rouge apparut.

— Pourquoi a-t-il une porte rouge? demanda Lola. Y a-t-il une signification à la couleur de la porte qui apparaît?

— Il y en a une, et c'est expliqué dans le manuel, mais ce n'est pas pertinent pour le moment.

Devlin pensa au point vert numéro quinze et ouvrit la porte. Ils virent sa porte apparaître de l'autre côté de la pièce et furent à nouveau stupéfaits. Au lieu de faire un signe de la main, il passa sa longue jambe à travers la porte. Lola gloussa et cria : « Traverse-la ! Traverse-la ! » comme il l'avait fait.

Il passa à travers la porte, regarda en arrière vers la porte d'où il était parti, secoua la tête d'étonnement et ferma la porte.

La professeure leur fit faire quelques exercices supplémentaires avant de retourner en classe. Lola pensait que ce serait un tour de magie très cool, un moyen rapide de passer d'une pièce à l'autre. Elle avait hâte d'essayer à la maison et de faire peur à la pauvre Phyllis !

Ils avaient tous deux les joues rouges et le souffle court quand ils revinrent. La professeure leur donna leur devoir :

— Lisez tout le manuel et notez toutes les questions que vous pourriez avoir.

La sonnerie retentit et elle leur rappela de venir directement le lendemain, car elle les attendrait.

Ils quittèrent la salle et parlèrent de l'expérience avec beaucoup d'animation. Arrivés dans le hall, il lui demanda si elle était toujours d'accord pour étudier à la bibliothèque après le dîner. Elle acquiesça et ils allèrent tous deux se changer pour le cours d'*arts martiaux*.

CHAPITRE II
ARTS MARTIAUX

Lola attendait avec ses nouveaux amis dans le hall principal. Sara lui expliqua que pour le dernier cours de l'après-midi, les élèves étaient répartis par niveau et non par âge. Elle et les autres partirent avec la professeure Brambles pour le cours de *pleine conscience et méditation avancées.*

Quand Maître Smoke vint rassembler son groupe d'élèves, Lola fut surprise de se retrouver parmi un très grand groupe. En effet, plus de la moitié des élèves de l'école le suivirent dans la cour. C'était la première fois que Lola sortait de l'école. Elle respira l'air à pleins poumons et exposa son visage au soleil. L'air sentait l'herbe fraîchement coupée. Lola ouvrit les yeux et se demanda s'ils avaient créé un véritable soleil pour ce monde ou si tout n'était qu'illusion. *Est-ce que je bronzerais ou brûlerais si je restais dehors trop longtemps?*

Maître Smoke demanda aux élèves de former trois lignes et indiqua où il voulait que chaque groupe se place : nouveaux élèves, ceintures blanches et ceintures bleues. Chaque ligne commençait depuis le demi-cercle en pierre devant la porte du hall principal et suivait l'angle des lignes dans la pierre. Le premier élève se tenait sur l'herbe derrière sa ligne désignée, le suivant posait une main sur son épaule droite, bras tendus pour mesurer la distance, et l'élève suivant faisait de même jusqu'à ce que chaque élève soit en ligne et que les lignes s'étalent en quatre arcs. Lola alla se placer avec les nouveaux élèves. En regardant autour d'elle, elle remarqua un garçon dans la ligne des ceintures bleues qui la fixait en souriant. Elle lui sourit en retour et alla se placer au bout de la ligne. En regardant le dernier élève de la ligne suivante, elle constata qu'ils étaient séparés d'au moins quinze mètres.

Maître Smoke se plaça devant la ligne des ceintures bleues. Il fit face au premier élève, posa une main sur son épaule gauche et prononça des mots dans une langue que Lola ne comprenait pas. Il relâcha sa prise, frappa dans ses mains et dit quelque chose comme *Hop*. Les élèves firent demi-tour et commencèrent à marcher vers un mini-temple japonais rouge qui n'était pas là quelques secondes auparavant. Ils y entrèrent et les portes se refermèrent.

Lola scrutait les autres élèves de sa ligne, cherchant Devlin. Les plus jeunes élèves devant elle étaient aussi surpris qu'elle. Elle se retourna et trouva Devlin qui souriait comme une hyène quelques places derrière. Quand elle entendit le professeur dire à nouveau *Hop*, elle se retourna rapidement et regarda devant elle. Il envoyait les ceintures blanches vers leur propre petit temple.

Lorsqu'il fit face aux nouveaux élèves, Lola crut voir une ombre de sourire sur son visage. Le groupe fit demi-tour et se dirigea vers la structure. C'était un espace vide à l'exception de quelques coussins disposés en cercle autour de la pièce. Elle et les autres élèves entrèrent et allèrent se placer devant un coussin sans s'asseoir. Ils étaient quatorze et il y avait quatorze coussins.

Le professeur entra et ferma les portes. Il se tint devant eux, joignit ses mains comme pour prier et s'inclina. Ils firent tous de même. Il fit le tour de la pièce et les regarda chacun leur tour, marmonnant parfois pour lui-même. Lorsqu'il revint à sa place, il s'adressa à eux dans un anglais fortement accentué.

— Bienvenue au cours d'*arts martiaux*. Je suis Maître Smoke. Dans ce cours, vous apprendrez les bases de l'autodéfense, largement inspirées du Jiu-Jitsu brésilien. Cela offre l'opportunité de développer une spiritualité incarnée en recherchant la bénédiction divine de trois manières. Premièrement, cela permet d'apprendre à respecter vos dons et limites physiques. Deuxièmement, la recherche et l'engagement dans un état de flux mènent à la culture de la vertu. Troisièmement, la principale vertu qui peut être cultivée est celle de l'humilité, car le Jiu-Jitsu brésilien est à la fois un sport compétitif et collaboratif, expliqua-t-il.

— Levez la main si vous avez déjà étudié le Jiu-Jitsu brésilien auparavant, dit-il.

Cinq élèves levèrent la main, dont Devlin.

— Montrez-moi, dit le maître.

Il appela le premier élève au centre. Ils s'affrontèrent pendant moins de deux minutes. Le maître recula et s'inclina, et l'élève s'inclina en réponse.

— Bleu, dit-il en montrant la porte.

L'élève s'inclina à nouveau et partit rapidement. Devlin fut le suivant, et lui aussi fut envoyé chez les Bleus. Les quatre élèves suivants furent tous envoyés chez les Blancs.

Quand le dernier d'entre eux fut parti, il fit signe aux élèves restants de s'asseoir. Instinctivement, la plupart des élèves s'assirent en tailleur, certains en demi-lotus et d'autres en lotus complet. Le maître ne fit aucun commentaire, il se contenta de hocher la tête. Puis il posa ses mains sur ses genoux et ferma les yeux. Les élèves firent de même. Lola pensa qu'ils allaient d'abord méditer, pour se détendre. Elle avait certainement besoin de se relaxer. Ils étaient assis dans un temple qui était apparu de nulle part. Et des questions comme qui enseignait aux autres groupes lui traversaient l'esprit. Elle avait besoin de calmer son esprit. Elle inspira lentement, comptant jusqu'à cinq, puis expira, comptant jusqu'à cinq. Finalement, elle oublia où elle était et resta assise dans un état de béatitude totale.

— La capacité à se détendre est très importante. Si vous vous entraînez sans être capable de vous relaxer, tôt ou tard vous serez épuisés, et plus que probablement, blessés. Un état d'esprit tendu et compétitif ralentit vos progrès. Les élèves apprennent plus vite quand ils sont détendus. C'est plus facile à dire qu'à faire. La professeure Brambles, la professeure de *pleine conscience et méditation*, vous aidera avec cela.

En entendant le maître parler, elle supposa qu'il était acceptable

73

d'ouvrir les yeux. Elle regarda autour d'elle et vit que les autres élèves écoutaient attentivement Maître Smoke.

— En Jiu-Jitsu, vous apprendrez les *Bases*, les *Fondamentaux* et les *Concepts*. Les *Bases* sont le cœur des techniques individuelles qui sont plus simples dans leur exécution. Les *Fondamentaux* ne sont pas tant des techniques spécifiques que des pratiques et des habitudes qui sous-tendent l'exécution des techniques, expliqua-t-il.

— Base, posture, pression, capacité à déplacer les hanches, gestion de la distance et utilisation des cadres sont tous des exemples de *Fondamentaux*, poursuivit-il. Il y a six concepts : Un — Position avant soumission. Deux — Contrôler son adversaire. Trois — Maintenir une bonne posture. Quatre — Rester détendu. Cinq — Empêcher son adversaire de se positionner. Six — Chercher des opportunités pour créer des déséquilibres, dit-il.

— Comme vous pouvez le voir, il y a deux concepts sur lesquels vous pouvez déjà travailler : rester détendu et la posture. Je vais laisser la professeure Brambles vous guider pour la posture assise appropriée. Veuillez vous lever pour que nous puissions travailler sur votre posture debout, demanda-t-il.

Lorsqu'ils se levèrent, un murmure de chuchotements étonnés parcourut la salle. Tous les élèves portaient maintenant des kimonos blancs et une ceinture blanche. Ils eurent tous la même réaction, se tâtant, se demandant comment cela était possible. Maître Smoke dit quelque chose qui ressemblait à *Hut* et tout le monde se mit au garde-à-vous. Il démontra la position debout qu'il attendait d'eux. Les pieds écartés de la largeur des hanches, les orteils écartés, les jambes droites, le ventre rentré, le dos droit, regardant droit devant, les bras légère-ment devant les cuisses, les poings fermés, mais détendus, les épaules en arrière et droites, mais détendues. Il inspecta chaque élève et corrigea quand nécessaire. Il retourna s'asseoir, mais leur fit signe de rester debout.

— Lorsque vous vous levez d'une position assise, voici comment vous devriez vous tenir. Laissez-moi d'abord vous faire une démonstra-tion, puis je vous l'expliquerai en détail en le refaisant une seconde fois, dit-il avant de se lever et de se rasseoir.

— D'abord, asseyez-vous au sol avec les genoux pliés et les pieds au sol. Ensuite, penchez-vous d'un côté pour qu'une hanche et le côté de la même jambe soient au sol. Placez la main du même côté fermement au sol un peu derrière et à droite de votre hanche. Par exemple, en supposant que vous vous asseyez à droite, votre main droite sera derrière vous et l'extérieur de votre jambe droite sera au sol.

Il fit une pause et leur fit signe d'essayer.

— Ensuite, posez votre pied gauche bien à plat sur le sol, genou plié. Vous allez mettre tout votre poids sur ce pied et votre main droite posée. Essayez ceci. Soulevez votre jambe droite et votre siège du sol en vous équilibrant sur votre pied gauche et votre main droite. Mais remettez tout au sol pour l'instant. Il s'arrêta pour vérifier les élèves.

— Ensuite, protégez votre tête en la saisissant par l'arrière avec votre main gauche libre, en gardant votre coude près de votre visage. Cela amènera votre bras devant votre visage d'une manière qui le protégera des coups que votre adversaire ou agresseur pourrait essayer de vous infliger, dit-il, puis il fit le tour de la salle pour ajuster quelques élèves.

— Maintenant, il est temps de se lever. Encore une fois, placez tout votre poids sur votre main droite et votre pied gauche. Soulevez votre hanche droite et votre jambe, ainsi que votre siège du sol. À ce stade, dans des situations d'autodéfense ou de MMA, vous pourriez avancer votre hanche droite pour donner un coup de pied dans la jambe de votre adversaire ou agresseur avec la jambe que vous avez soulevée du sol, continua-t-il et le démontra avant de vérifier les élèves.

— Ensuite, ramenez votre jambe droite en arrière et plantez votre pied droit au sol DERRIÈRE votre main droite, qui doit rester posée au sol. Vous voulez établir une large base où vos pieds sont fermement plantés un peu plus écartés que la largeur des hanches. Une base étroite, où vos pieds sont proches l'un de l'autre, est moins stable, expliqua-t-il.

Il fit une autre pause pour faire le tour de la salle.

— Votre bras gauche doit continuer à protéger votre tête et votre visage pendant que vous soulevez votre main droite du sol et finissez en position verticale, bien que vous deviez garder vos genoux pliés et vos hanches basses. Remarquez qu'en vous levant, vous vous levez EN VOUS ÉLOIGNANT de l'autre personne, en plaçant une grande partie, mais pas la totalité, de votre poids sur votre pied droit arrière, ce qui vous met en position soit pour engager, dans une situation sportive, soit pour fuir, dans une situation d'autodéfense. C'est bien préférable à mener avec votre visage, vous lever vers votre adversaire ou agresseur, et vous mettre autrement dans une position vulnérable pendant que vous faites la transition de la position assise à la position debout, conclut-il.

Il les fit s'entraîner quelques fois et ajusta leurs positions. Quand la cloche sonna, il retourna à l'avant de la salle et s'inclina. Les élèves lui rendirent son salut. Quand ils se relevèrent, il avait disparu, ainsi que le temple. Tous les élèves étaient de retour dans leurs vêtements, debout au milieu de la pelouse. Les élèves des autres temples retournaient dans l'école. Mais les nouveaux élèves restèrent là, stupéfaits et fixant le manuel personnalisé qui s'était matérialisé dans leurs mains. Il y avait un marque-page sur la première page, et il disait *LISEZ-MOI*.

CHAPITRE 12
GELURE CÉRÉBRALE

Quand Lola arriva dans la chambre pour se changer avant le dîner, Sara y était déjà.

— Un petit avertissement à propos de Maître Smoke aurait été sympa ! dit-elle en jetant son sac sur son lit.

Sara était assise à son bureau, prenant des notes dans son agenda. Elle éclata de rire et se retourna.

— Quoi ? Tu n'as pas aimé le temple ? dit-elle innocemment.

— Qu'est-ce qu'il est, au juste ? demanda-t-elle.

— On n'est pas vraiment sûrs. C'est une sorte de Maître de l'illusion, répondit Sara.

— Donc ça veut dire que rien de ce qu'on a vu n'était réel ? Les temples, les kimonos ? Mais attends, on avait tous des manuels à la fin, eux ils étaient réels, dit Lola en se frottant les tempes. Et qui enseignait dans les autres temples ? demanda-t-elle.

Sara rit et répondit :

— C'était lui. Soit il se clone, soit il peut se projeter astralement à plusieurs endroits simultanément. Encore une fois, on n'est pas sûrs. J'espère qu'il nous le dira quand on atteindra le niveau universitaire.

Ceux qui ont eu le courage de lui demander n'ont jamais eu de réponses. Seulement des proverbes cryptiques.

— Et Lady Samsara, c'est une princesse elfe ? Quel âge a-t-elle ? demanda Lola, débordante de questions.

— Encore une fois, on ne sait pas et ce serait impoli de demander son âge, répondit Sara.

Lola secouait la tête.

— Tu es ici depuis cinq ans et c'est tout ce que tu as ? gémit-elle.

Sara rassemblait sa serviette et ses affaires de toilette pour aller se doucher.

— Cinq étés, Lola ! Et en deux semaines, il n'y a pas assez de temps pour percer tous les mystères de cet endroit. Crois-moi. Ils découragent tout type de fouinage. Et je te l'ai dit, ils gardent les plus jeunes occupés. Ne t'inquiète pas, on arrivera au fond des choses à l'automne ! Maintenant, viens, il est temps de se laver si on ne veut pas être en retard pour le dîner, dit-elle.

Lola n'était pas prête, alors elle dit à son amie d'y aller. Une fois seule, elle enfila sa robe de chambre et fourra ses vêtements sales dans le sac à linge pour le jeter dans le conduit en allant à la salle de bain. Puis elle prit sa serviette et ses affaires de toilette et se dirigea vers les douches.

Tout le monde était de bonne humeur au dîner. Le directeur n'avait pas d'annonces à faire, alors le dîner commença dès que les professeurs furent assis. Le somptueux repas consistait en un rôti de bœuf, des carottes et des haricots verts sautés au beurre et aux herbes, avec de la purée de pommes de terre. Lola adorait la nourriture, et les petits pains étaient toujours légèrement différents à chaque repas. Ce soir, ils contenaient des graines d'anis étoilé. Elle avait hâte d'y étaler du beurre. Quand les serveurs retirèrent le couvercle du plateau à dessert, Lola faillit pleurer. Des carrés au citron, son dessert préféré ! Après que sa tante et Jackson lui aient dit qu'elle était trop maigre et qu'elle pourrait prendre quelques kilos, Lola mangeait sans retenue. Ce qui semblait toujours ravir Devlin. Il posait aux garçons les mêmes questions qu'elle avait posées à Sara à propos de Maître Smoke. Lola arrêta de manger pour écouter leur réponse, mais ils n'avaient rien de nouveau à ajouter.

— Vous n'êtes pas curieux? demanda-t-elle à personne en particulier.

Colin répondit :

— On l'était quand on est arrivés à treize ans. Mais je suppose qu'on s'est habitués à ce qu'il y ait une explication magique pour tout et on a arrêté de poser des questions.

Les autres acquiescèrent. Le repas reprit et la conversation dériva vers leurs plans pour le reste de l'été. James dit qu'il organisait une fête chez lui pour son anniversaire en août et qu'il espérait qu'ils pourraient tous venir. Lola était sur le point de décliner à cause de la distance, mais elle se souvint juste à temps qu'elle pouvait voyager où elle voulait. Gratuitement et en un rien de temps! Elle se rassit dans sa chaise et soupira de contentement. Ses yeux étaient fermés, et elle souriait pour elle-même avec gratitude.

— Tu n'as pas fini de manger, n'est-ce pas? Tu as à peine mangé, s'enquit Devlin avec une expression inquiète.

Elle ouvrit les yeux; le moment était passé.

— Non, je comptais juste mes bénédictions; une merveilleuse nouvelle famille et un nouveau foyer, de la bonne nourriture, de nouveaux amis, la capacité de voyager avec ma clé. La vie pourrait être tellement pire, dit-elle rêveusement.

Clara pencha la tête et demanda :

— Tu as volé des herbes dans la serre de la professeure Elderberry? Tout le monde rit à cette remarque.

Lenora hocha la tête d'un air grave et dit :

— Je pense qu'elle est enchantée.

— Je ne suis pas folle! Je suis juste reconnaissante, c'est tout! rétorqua Lola sur la défensive.

Colin posa sa main sur la sienne de l'autre côté de la table.

— Non, ma chérie, tu ne comprends pas. Enchantée ne veut pas dire folle, ça veut dire féerique ou fantaisiste. C'est un compliment! expliqua-t-il gentiment.

Lola rougit et s'excusa. Tout cela était très nouveau pour elle et elle avait vraiment besoin de se mettre à jour sur son folklore magique. Elle avait définitivement besoin de lire tous ses manuels. Elle avait toujours aimé l'école, mais c'était la première fois qu'elle trouvait une utilité pratique à ses matières scolaires.

Clara dit à tout le monde qu'elle et sa famille allaient visiter l'Islande pendant deux semaines dès que le programme d'été serait terminé. Lola demanda si elle avait des frères et sœurs et Clara se tourna et pointa un garçon assis avec les enfants de 13 ans.

— C'est Louis, il était adorable, avant, dit-elle.

Puis elle montra des jumeaux à la table des 15 ans.

— Ces sauvages sont Alexis et Alexandre, déclara-t-elle.

Puis elle soupira et ajouta :

— Et puis il y a Jean, mon grand frère. Il a dix-neuf ans et pense tout savoir!

— Wow! dit Lola. Ça fait beaucoup de garçons! Je compatis! ajouta-t-elle.

— Qu'est-ce qui ne va pas avec les garçons? demanda Devlin, innocemment.

— Rien, sauf si tu dois partager une seule salle de bain avec eux dans une toute petite maison! répondit Clara, son accent français s'épaississant à mesure qu'elle s'agitait. J'adore être ici à l'école, vivre dans le dortoir des filles où tout le monde est, pour la plupart, ordonné, joli et *agréable.*

Elle prononça le dernier mot en français et Lola trouva ça charmant.

— Je suis impatiente que l'automne arrive pour m'y installer pour l'année! dit-elle.

Lola demanda si elles auraient les mêmes colocataires à l'automne. Sara demanda si elle essayait de se débarrasser d'elle. Lola rit et dit :

— Bien sûr que non!

Lenora expliqua qu'elles le seraient, à moins que l'une ou les deux filles n'aient une bonne raison de demander un changement. Puis quelque chose vint à l'esprit de Lola. Elle se tourna vers Colin et James et leur demanda s'ils étaient colocataires.

— Comme tu es curieuse ! dit James avec un clin d'œil.

— Je suis désolée, mais dans le règlement, il est dit que les garçons ne peuvent pas entrer dans le dortoir des filles et vice versa. Je suppose que c'est pour décourager la fraternisation. Mais comment gèrent-ils la fraternisation entre garçons ou entre filles ? demanda-t-elle, rougissant à nouveau.

— Je suis sûr que tu as déjà entendu l'expression *La curiosité est un vilain défaut*. Mais je vais répondre à ta question. Oui, nous sommes colocataires, mais nous ne le serons probablement pas à l'automne, malheureusement, expliqua James.

— À moins que nous ne prenions une chambre triple, ajouta Colin.

— Tu vois, dans le dossier d'inscription de l'automne, il y a un questionnaire assez personnel et l'orientation sexuelle est l'une des questions. Ce n'est pas aussi intrusif que tu pourrais le penser. Le raisonnement est tout à fait sensé. Les adolescents sont connus pour leurs émotions changeantes. L'école veut éviter de mettre un couple comme colocataires parce que, s'ils rompaient, cela causerait beaucoup de tension, expliqua James.

— Si tu es homosexuel et que tu demandes à être jumelé avec quelqu'un de spécifique, alors tu dois accepter d'avoir une troisième personne dans ta chambre pour servir de tampon, ou de chaperon si tu préfères, poursuivit James.

— Est-ce que je pourrais être votre chaperon, alors ? demanda Devlin.

— Tu n'aimes pas ton colocataire ? s'enquit Lola.

— Je n'en ai pas ! répondit-il. Je veux dire, il y a deux lits dans ma chambre. Ce n'est pas une chambre individuelle. Il semble que la personne avec qui je devais partager la chambre ne soit jamais venue ou peut-être qu'il y avait un nombre impair de garçons cette année, ajouta-t-il.

Colin et James répondirent tous deux : « Bien sûr ! » avec enthousiasme et en même temps.

Lola fronçait à nouveau les sourcils. Elle n'était pas sûre de cette histoire de chaperon ou de singulariser les personnes homosexuelles. D'un autre côté, ce ne serait pas juste si les personnes homosexuelles avaient plus d'occasions de fraterniser que les hétérosexuels. De cette façon, c'était difficile pour tout le monde !

Clara vit l'expression de Lola et ajouta :

— Ce n'est pas seulement pour les homosexuels. Mes frères jumeaux ont dû aussi avoir un tampon, et ça ne pouvait pas être notre petit frère. Tu imagines ! Ils ont décidé de se séparer et chacun a pris un colocataire en disant qu'ils passaient déjà assez de temps collés l'un à l'autre. Je suppose qu'ils ne veulent pas qu'un duo s'enferme trop dans sa propre bulle et n'interagisse pas avec les autres.

— Ça a tout à fait du sens. Je veux dire, nous sommes ici pour apprendre. Et je suppose que nous sommes aussi censés apprendre à vivre en communauté, dit Lola. Elle aimait l'explication de Clara et se sentait mieux à propos de toute la situation. Elle sourit et passa son assiette à James pour une deuxième portion.

— Et la voilà de retour, dit Devlin, en donnant sa propre assiette à Colin.

Quand le dîner fut terminé, ils allèrent tous dans la salle commune. Ils prirent un café et Lola demanda si quelqu'un avait un job d'été. Ils rirent tous. Elle demanda ce qui était si drôle et Lenora lui dit qu'ils n'en avaient pas besoin. L'école était gratuite, et ils n'avaient pas besoin d'argent pour l'essence ou les passes de transport. Lola demanda s'ils avaient de l'argent de poche pour acheter des choses ou des cadeaux. Clara dit que ses parents lui donnaient de l'argent de poche chaque semaine. Tous les autres dirent que leurs parents faisaient de même, en général en échange de corvées ou de la garde de leurs frères et sœurs.

— Ta tante ne te donne pas d'argent de poche ? demanda Sara.

Puis elle chuchota :

— Si tu as besoin d'argent, fais-le-moi savoir. Je peux t'aider.

Lola rougit et la remercia. Elle lui dit qu'elle en avait plus que suffisamment et qu'elle était simplement curieuse encore une fois. Elle fut sauvée d'avoir à donner plus de détails quand Devlin interrompit et suggéra qu'ils se dirigent vers la bibliothèque.

— D'accord. Laisse-moi juste retourner à la chambre chercher mes livres. On se retrouve à la bibliothèque dans, disons dix minutes? dit Lola.

Devlin regarda sa montre. Il était vingt heures dix.

— Parfait, à tout à l'heure! dit-il, et il partit.

Lola dit bonne nuit à tout le monde et dit à Sara qu'elle la verrait plus tard dans la chambre.

Alors qu'elle s'éloignait, Colin siffla et James s'exclama :

— Amuse-toi bien à ton rendez-vous d'étude.

Il accentua le mot *étude* et fit des guillemets avec ses doigts en le disant. Tout le monde rit.

Lola rougit et vérifia si toute la salle l'avait entendu. Elle articula silencieusement *Arrêtez* et s'enfuit de la salle commune totalement embarrassée.

CHAPITRE 13
SÉANCE D'ÉTUDE

Étonnamment, ils n'étaient pas seuls à la bibliothèque. Ils choisirent une table où ils ne dérangeraient personne et étalèrent leurs manuels et leurs cahiers. Lola sortit son agenda et examina les devoirs. Elle commençait à s'inquiéter de nouveau. Comment allaient-ils réussir à tout faire en une heure et demie ? Elle ferma les yeux et prit une profonde inspiration, essayant d'atteindre un état plus calme et plus concentré. Elle sentit une main se poser sur la sienne. Elle ouvrit les yeux et regarda Devlin.

— Ne t'inquiète pas, on va y arriver, dit-il d'un ton apaisant.

— Il y a tellement à faire ! Je ne sais pas par où commencer, répondit Lola, sentant la panique monter à nouveau.

— Qu'est-ce qui t'attire le plus ? Qu'est-ce que tu as envie de lire ? Suis ton instinct, ajouta-t-il en fermant son agenda.

Lola regarda les options : *histoire de la magie, communauté magique, latin, herbologie, voyage* et *arts martiaux*. Elle était vraiment curieuse à propos des espèces magiques, alors elle pointa celui-là. Devlin sourit d'un air entendu et acquiesça. Lola lui posa la même question et il choisit celui sur le *voyage*.

— Mettons un minuteur de vingt minutes et lisons autant que possible en prenant des notes, suggéra Devlin.

— On n'a pas de téléphones, comment va-t-on régler un minuteur? demanda Lola.

— J'ai une montre de sport, du genre ancien, pas une montre connectée, dit-il en lui montrant son poignet.

— C'est électronique, ça fonctionne même ici? s'enquit-elle.

Devlin hocha la tête et régla le minuteur. Puis, alors que le compte à rebours commençait, il le montra à Lola. Ils se mirent au travail. Ils lurent dans un silence complice, tous deux très concentrés sur la tâche et griffonnant des notes à toute vitesse. Lola espérait que Devlin avait une belle écriture et qu'elle pourrait facilement lire ses notes.

Elle était satisfaite de son choix. Le manuel était bien écrit et captivant. Elle découvrit que l'espérance de vie moyenne d'une fée était de 1000 à 1500 ans. Les nains vivaient environ 195 ans tandis que les Hauts Elfes vivaient environ 750 ans. Les plus remarquables étaient les gobelins — ils ne vivaient que 60 ans! Cela signifiait que Sir Kravchuk était probablement assez proche de la mort. Bien que le livre précisait qu'ils atteignaient la maturité à l'âge de huit ans, il pourrait donc facilement avoir vingt-cinq ans pour ce qu'elle en savait. Elle avait pris des notes copieuses sur les pouvoirs magiques, les attributs physiques, le régime alimentaire et les choses à surveiller. Elle eut l'impression que seulement une minute s'était écoulée lorsque le minuteur sonna.

Ils sursautèrent légèrement tous les deux ce qui les fit rire. Devlin commença. Il parlait très vite, lui montrant ses notes et pointant des passages du livre. Il y avait tellement plus à apprendre sur le voyage qu'elle ne l'avait jamais imaginé. Par exemple, il existait différentes incantations qu'on pouvait prononcer avant de voyager et qui amélioraient l'expérience. L'une des plus notables était de rendre la porte invisible de l'autre côté pour qu'on puisse passer la tête et vérifier que personne n'était aux alentours. *Ça aurait été tellement utile pendant la tentative d'enlèvement de Phyllis*, pensa Lola.

Les notes de Devlin étaient soignées, concises et pertinentes. Elle était si contente qu'elle le lui dit.

— À quoi t'attendais-tu? demanda-t-il, l'air légèrement offensé. Ne réponds pas. On n'a pas le temps, ajouta-t-il en riant.

Lola partagea ses découvertes de la même manière que lui. Lui aussi était fasciné par les informations qu'elle avait recueillies et fit l'éloge de sa prise de notes et de sa calligraphie. Lola demanda comment ils allaient partager leurs notes et Devlin dit qu'ils trouveraient une solution plus tard. Il lui fit choisir un autre sujet. Elle choisit l'*herbologie* et lui choisit les *arts martiaux*. Le compte à rebours commença.

Le manuel d'*herbologie* était une œuvre d'art. Toutes les images étaient dessinées à la main et le livre lui-même semblait avoir été écrit à la main dans une belle écriture fleurie. On aurait dit un livre de contes, donnant les origines des plantes, à la fois l'époque et la provenance. Mais il était aussi très bien indexé et pouvait facilement être utilisé comme livre de référence.

Chaque plante ou fleur avait sa propre page. La partie supérieure de la page contenait le dessin. Le milieu présentait des faits importants sous forme de puces, et le bas affichait une courte anecdote. Elle découvrit que c'était du vinaigre de basilic que la professeure Elderberry avait utilisé pour la réveiller après son évanouissement. *Bon à savoir*, pensa Lola.

Le minuteur sonna et ils eurent leur partage frénétique. Ils avançaient vraiment bien. Vingt minutes de lecture, puis cinq minutes de partage chacun. Quand ils eurent fini, ils prirent chacun un dernier sujet. Lola prit *latin* et Devlin prit *histoire de la magie*. Et ils se lancèrent.

Le latin s'avéra encore plus facile que Lola ne l'avait pensé. C'était vraiment très similaire à l'espagnol, ou plutôt l'inverse. Les langues basées sur le latin étaient appelées romanes, et les cinq grandes langues romanes sont le français, l'espagnol, l'italien, le portugais et le roumain. Elle esquissa des tableaux faciles à lire dans son cahier et fut à nouveau surprise quand le minuteur sonna.

Devlin lui raconta que L'académie avait été créée il y a plus de 300 ans. Il semblait qu'avant cela, les êtres magiques apprenaient de leurs familles ou faisaient leur apprentissage auprès d'un ancien. Il n'y avait pas d'écoles. Mais après les diverses chasses aux sorcières et procès de sorcières dans le monde entier, les humains ayant des capacités magiques avaient soit cessé de les utiliser, soit étaient passés dans la clandestinité. La plupart des espèces magiques non humaines s'étaient soit cachées dans des zones reculées sur Terre, soit avaient trouvé refuge dans d'autres mondes ou royaumes. Pour éviter de perdre complètement ces connaissances, des écoles spéciales furent créées et installées dans des mondes qui leur étaient propres pour la sécurité des élèves.

Lola fit un rapide résumé de ses notes à Devlin. Elles n'étaient pas aussi fascinantes que celles de Devlin. Les lumières clignotèrent; ils commençaient à s'habituer à ce que cela signifiait. Devlin regarda sa montre; il était neuf heures cinquante et ils devaient être dans leurs chambres à vingt-deux heures. Pendant qu'ils rassemblaient leurs manuels, ils essayèrent de trouver comment partager leurs notes. Il n'y avait évidemment pas de photocopieuse dans la bibliothèque et cela prendrait une éternité de les copier à la main. Alors qu'ils en discutaient, d'autres élèves passèrent près d'eux et l'un d'eux s'arrêta.

— Désolé d'interrompre, mais je n'ai pas pu m'empêcher d'entendre. Vous essayez d'échanger des notes ? demanda-t-il.

C'était le garçon du cours d'arts martiaux. Devlin acquiesça.

— C'est facile. Vous apprendrez ça en latin 2. Donnez-moi deux cahiers, un avec les notes et un pour la copie, demanda-t-il, faisant des gestes avec ses mains.

Lola et Devlin posèrent leurs cahiers sur la table, côte à côte.

Le garçon posa ses mains sur chacun des cahiers, ferma les yeux et dit :

— *Notas Duplici Exemplari.*

Des notes identiques apparurent dans le second cahier.

— Waouh, c'est trop cool ! s'exclama Lola.

Comme ils n'avaient pas le temps d'expérimenter eux-mêmes, elle sortit un cahier après l'autre et il prononça l'incantation cinq fois de plus.

— Merci beaucoup, dit Devlin, l'air ravi.

— Comment pouvons-nous te remercier ? demanda Lola.

Le garçon sourit et prit la main de Lola. Elle eut envie de la retirer, mais se rappela qu'il allait probablement lui faire un baise-main. Ce qu'il fit en disant :

— Peut-être accepteras-tu de te promener avec moi un jour, quand tu ne seras pas si occupée à réviser.

Il lui fit un clin d'œil et partit avant qu'elle ne puisse répondre. Lola rougissait, bien sûr. Quand il fut presque hors de portée de voix, elle dit :

— Hé, comment tu t'appelles ?

— Tom, répondit-il.

— Moi, c'est Lola, dit-elle.

— Je sais, répondit-il avant de disparaître.

Devlin rangeait rapidement ses cahiers, l'air un peu vexé. *Est-il jaloux* ? Elle fourra tout dans sa sacoche et ils se mirent à courir. La bibliothécaire fit *tsss* à leur passage et Lola cria :

— Désolée ! en filant.

Ils montèrent les marches quatre à quatre et se chuchotèrent *Bonne nuit* avant de se précipiter dans leurs dortoirs respectifs. Lola courut dans le couloir, sortit sa clé et s'appuya contre la porte, haletante, une fois en sécurité à l'intérieur.

— Vingt-deux heures pile. Tu es une fille courageuse, dit Sara, levant les yeux de son livre juste au moment où les lumières s'éteignaient automatiquement.

Toujours essoufflée, Lola se dirigea vers son lit et se dit qu'elle ne mourrait pas si elle ne se brossait pas les dents avant de dormir. Heureusement qu'elle s'était douchée avant le dîner. Quand elle cogna son pied contre le coffre au pied de son lit, elle entendit un clic, puis vit un faisceau lumineux venant de l'autre côté de la pièce. Sara leva sa lampe de poche au-dessus de la bibliothèque pour éclairer le côté de Lola.

— Merci, chuchota Lola en se préparant pour le lit. Une fois qu'elle fut couchée, Sara éteignit la lampe et retourna dans son propre lit.

Lola avait besoin de se détendre un peu et de vider son esprit. Il était encore si plein de connaissances et son cœur battait toujours la chamade. Difficile de dire si c'était à cause de la course ou des attentions de Tom. Tom, bien qu'un an plus jeune, était plutôt attirant et totalement hors de sa portée. Il avait l'air d'être le capitaine de l'équipe de football de son école et devait faire rêver la plupart des filles. Néanmoins, Lola était flattée. Doublement flattée que cela ait rendu Devlin jaloux.

Elle supposait qu'aller se promener était la seule activité qui ressemblait à un rendez-vous possible pour eux ici à L'académie. Malgré les taquineries de ses nouveaux amis ce soir-là, son temps passé à la bibliothèque avec Devlin ne ressemblait pas du tout à un rendez-vous. C'était plutôt comme étudier avec le partenaire de labo parfait : efficace et rapide. Malgré son beau physique et le temps qu'ils passaient ensemble, elle ne connaissait pas vraiment Devlin. Cependant, ils s'étaient instantanément installés dans une camaraderie confortable et elle pensait que c'était un bon point de départ pour toute relation, peu importe où elle mènerait.

Les pensées de Lola dérivèrent vers Jackson. Ils ne sortaient pas officiellement ensemble, même s'il lui avait pratiquement demandé de l'épouser... dans le futur. *Ces histoires de rendez-vous sont compliquées.* Peut-être devrait-elle simplement repousser ça le plus longtemps possible. Il semblait raisonnable de rassembler plus d'informations avant de se lancer. Sara et les filles auraient sûrement de bons conseils. Non seulement sur les rendez-vous en général, mais aussi sur les garçons comme Tom. Une fois que cette idée fut claire dans son esprit, Lola sombra dans le sommeil.

CHAPITRE 14
PRÊTE À TOUT

Lola se réveilla tôt encore une fois. Elle fit un peu de yoga, se versa une tasse de café et profita de sa méditation. Après quelques tentatives infructueuses, elle maîtrisa enfin le nœud de sa cravate et enfila sa veste. Remplissant ses sacoches avec les nécessités du matin, Lola griffonna un mot pour Sara et quitta leur chambre.

Elle descendit dans la salle commune pour voir s'il y avait encore du café disponible, pensant que ce serait un endroit calme pour revoir les notes de Devlin avant le petit-déjeuner. La pièce était fermée à clé, alors elle traversa le couloir jusqu'à la salle à manger. Il était un peu plus de six heures trente et l'endroit était désert. Elle s'approcha du buffet pour vérifier si le café était prêt, et il l'était. Elle fit une petite danse de victoire et se servit une tasse qu'elle apporta à la table. Elle sortit le cahier d'*histoire* et commença à lire.

Elle venait de finir de lire les notes d'*arts martiaux* et s'apprêtait à se resservir quand elle entendit des pas traînants près de la porte. Elle leva les yeux et vit quelques élèves commencer à arriver, parlant doucement. Elle prit un autre café et lut les notes de *voyage*. Pendant que c'était encore relativement calme, elle relut les notes qu'elle avait prises pour *herbologie*, *latin* et *communautés magiques*. À ce moment-là, il était sept heures trente passées et la plupart de ses camarades de

91

classe étaient arrivés à table. Elle était tellement absorbée que personne ne voulait la déranger.

— J'ai fait la même chose, dit Devlin alors qu'elle rangeait son dernier cahier. Sauf que je suis allé à la serre, ajouta-t-il.

— J'y ai pensé, mais comme la professeure Elderberry nous a demandé si nous voulions aider, je me sentais mal d'y aller juste pour demander un peu de tranquillité, répondit Lola.

— Je lui ai expliqué que nous devions tous les deux assimiler cinq étés d'informations en un seul et elle s'est montrée très compréhensive. Elle a dit que nous étions plus que bienvenus, déclara-t-il avant d'attaquer son assiette débordante d'œufs et de bacon.

Lola dit : «D'accord», et se dirigea vers le buffet. Elle rencontra Sara et Clara en revenant à la table.

— Tu es bien matinale! la taquina Sara. Je me suis réveillée à sept heures et elle était déjà partie, dit-elle à Clara.

— Je voulais revoir les notes d'hier. Il s'est passé tellement de choses que j'en avais la tête qui tournait. J'étais tellement fatiguée hier soir que j'avais peur qu'on ait oublié quelque chose, répondit Lola.

Elles arrivèrent à table et mangèrent rapidement; il restait moins de trente minutes avant la fin du petit-déjeuner. *Il ne devrait pas y avoir trop de surprises ce matin*, pensa Lola. Ils avaient les mêmes quatre cours, et ce ne devrait être qu'eux deux à nouveau.

Quand elle eut fini de manger, Lola s'adossa à sa chaise et se déconnecta un peu, se relaxant. Les garçons parlaient d'un jeu vidéo qu'ils aimaient tous et faisaient des plans pour jouer ensemble pendant l'été. Les filles discutaient d'un des cours de la veille. Lola était sur le point de faire une courte sieste induite par la nourriture quand la cloche sonna. «C'est parti», dit-elle en se levant pour mettre sa vaisselle dans les bacs.

Ils se rendirent tous ensemble à l'aile est et se séparèrent en arrivant à leurs salles de classe. Lola se rappela de se présenter aux autres élèves de leur table, car ils seraient probablement dans ses classes à l'automne. Jusqu'à présent, il n'y avait eu que des hochements de tête et des sourires, mais pas de vraies conversations.

Lorsqu'elle et Devlin arrivèrent dans la salle du Dr McClary, il était déjà à l'avant de la classe et avait écrit des notes au tableau pour eux.

— Bonjour, Lola! dit-il joyeusement. Bonjour, Devlin! ajouta-t-il.

— Bonjour, monsieur, répondirent-ils à l'unisson en descendant l'allée pour prendre leurs places.

— Comment vous en êtes-vous sortis avec votre lecture? Des questions? demanda-t-il.

Ils répondirent tous deux par la négative, alors il commença son monologue et ses va-et-vient.

Aujourd'hui, il parla de Pythagore, dont Lola n'avait entendu parler qu'en cours d'algèbre. Apparemment, l'ancien philosophe grec avait introduit l'idée de la réincarnation, ainsi que plusieurs découvertes en astronomie, en science et en mathématiques. On disait qu'il avait le don de double vue et la capacité de commander les bêtes. L'heure passa à toute vitesse et lorsque la cloche sonna, le professeur leur laissa encore plus de chapitres à lire dans leur manuel.

Devlin et Lola se dirigèrent ensuite vers la classe de *latin*. Dans le couloir, Devlin arrêta Lola et lui demanda si elle pensait qu'ils devraient discuter du sort de duplication des notes avec le Dr Thompson.

— J'y pensais au petit-déjeuner. Mais ensuite, il m'est venu à l'esprit que ce n'est peut-être pas quelque chose que nous sommes censés faire. Ça ressemble à de la pratique de sorts. Peut-être devrions-nous demander à nos amis à la place. Qu'en penses-tu? dit-elle.

— Je pense que tu as raison. Nous ne savons pas si Tom le savait parce qu'il l'a appris en classe, dans un livre ou d'un ami. On pourrait essayer le sort nous-mêmes ce soir à la bibliothèque. Tu veux qu'on se retrouve à nouveau? demanda-t-il.

— Devlin, je pense que toi et moi sommes des partenaires d'étude pour l'avenir proche. J'espère que tu ne vas pas te lasser de passer tout ce temps avec moi, dit Lola en riant.

Devlin sourit comme s'il venait de gagner à la loterie.

— Je ne me lasserai jamais de passer du temps avec toi, Lola, dit-il timidement.

Lola rougit et l'entraîna vers le cours suivant.

Le Dr Thompson avait aussi écrit des notes au tableau. Il ne demanda pas s'ils avaient des questions, mais il demanda avec un clin d'œil s'ils avaient passé une bonne soirée. Lola et Devlin se regardèrent d'un air perplexe, se demandant s'ils devaient répondre. Mais c'était évidemment une question rhétorique, car il se lança dans la leçon du jour sur la conjugaison.

C'était un bon professeur, mais le cours restait un peu ennuyeux. Il ne remarquait pas, ou ne se souciait pas, du regard vitreux de Lola et Devlin. Il continuait simplement à parler de l'importance de distinguer entre les temps parfait, plus-que-parfait et imparfait.

Le cerveau de Lola décida qu'il pouvait simultanément écouter, prendre des notes et se remémorer sa rencontre avec Tom la veille. Il était tellement craquant. Ses cheveux noirs de jais étaient séparés sur le côté et le carré soyeux était glissé derrière ses oreilles, à l'exception d'une mèche rebelle qui tombait sur son œil droit. *Je me demande ce que ça ferait de passer mes doigts dedans; tout ébouriffés et sauvages. Est-ce que ça lui donnerait l'air d'un pirate?* Aussi propre sur lui qu'il paraissait, Lola savait qu'il avait des facettes cachées, dont certaines sombres et excitantes.

Lola fut tirée de sa rêverie quand le Dr Thompson sortit un contrôle surprise, cinq minutes avant la fin du cours. Il avait l'air extrêmement satisfait de lui-même. Il leur donna à chacun une copie et leur dit de faire autant qu'il le pouvaient avant la sonnerie. Lola se plongea dans les questions sur le papier et commença à griffonner les réponses aussi vite qu'elle le pouvait. Il avait fait un tableau similaire à celui qu'elle avait fait dans son cahier la veille, donc c'était assez facile. Il y avait quelques questions pièges sur le vocabulaire qu'il avait déjà mentionné, mais comme c'étaient des questions à choix multiples, elles étaient assez simples. Quand elle eut fini, elle relut rapidement ses réponses, retourna sa feuille et la poussa vers le professeur. Il leva un sourcil interrogateur.

— Désolée, Docteur. C'est comme ça qu'on faisait dans mon ancienne école pour un contrôle chronométré. Je suppose que j'ai été trop zélée, dit-elle, le cœur battant.

Le temps qu'elle dise tout ça, Devlin finit son contrôle, la regarda, et fit de même. Le Dr Thompson prit leurs copies, leur assigna quelques chapitres à lire, et les congédia à la sonnerie.

Ensuite, c'était le cours de *communautés magiques*. Lola se prépara mentalement à la vue du gobelin. Elle et Devlin s'arrêtèrent net en entrant dans la classe de Sir Kravchuk ; il n'avait pas encore libéré le groupe précédent. C'était le groupe des 13 ans. Ils étaient environ quinze et ils copiaient une phrase au tableau.

Les élèves doivent rester silencieux en classe jusqu'à ce qu'on leur donne la permission de parler. x 50

— Mlle Evers, M. Johansson, je serai à vous dans un instant. Vous pouvez vous asseoir dans mon bureau en attendant que ces petits nouveaux apprennent leur leçon, dit-il, supervisant cette punition traditionnelle.

Ils marchèrent sur la pointe des pieds autour du périmètre extérieur de la classe pour ne pas attirer l'attention. Quand ils arrivèrent au bureau, ils hésitèrent. Il les vit flotter près de la porte et ajouta :

— Allez-y, asseyez-vous. Il y a peut-être même du thé et des scones si vous voulez. Il les fit entrer d'un geste de la main sous les gémissements envieux des élèves dans la classe.

Ils entrèrent et s'assirent précautionneusement sur le canapé. Il était si moelleux que malgré le fait qu'ils s'étaient assis aux extrémités opposées, ils furent poussés l'un contre l'autre en s'enfonçant dedans. Ils rirent nerveusement.

— Du thé ? demanda Devlin avec un accent britannique distingué.

— Non merci, monsieur, répondit Lola d'un air timide en battant des cils.

Ils restèrent assis en silence avec leurs sacs sur les genoux, attendant d'être rappelés en classe. Il y avait un feu dans la cheminée, mais la pièce ne semblait pas excessivement chaude. Lola se distrayait en observant la pièce. C'était un peu étouffant et encombré. Elle se demanda si les gobelins avaient la réputation d'être des collectionneurs. *Ou peut-être que c'était les nains*, pensa-t-elle. Néanmoins, la pièce avait une atmosphère chaleureuse. Elle avait certainement l'air habitée. Elle imaginait que les professeurs passaient la plupart de leur temps libre dans leurs bureaux.

— Revenez, ils sont partis, beugla Sir Kravchuk depuis la salle de classe.

Ils se levèrent tous les deux si vite qu'ils se cognèrent l'un contre l'autre et durent maladroitement démêler leurs sacs quand la boucle du sac de Devlin s'accrocha au pompon en cuir de celui de Lola.

Ils s'en débarrassèrent rapidement tandis que Devlin disait :

— On arrive, Sir Kravchuk.

Assis à leurs places habituelles, stylos prêts, ils attendirent que le professeur s'assoie sur son bureau, prenne sa pipe et commence.

Dans cette leçon, il leur raconta l'histoire de comment les hommes, les gobelins, les nains, les gnomes, les elfes (ceux de petite taille), les ogres, les trolls et les géants étaient tous apparentés. Il produisit une grande affiche avec une sorte d'arbre généalogique dessus. L'arbre principal avait trois branches. La première à gauche se divisait en deux, elfes et nains. La branche du milieu se divisait également en deux, gnomes d'un côté et de l'autre côté une division entre hommes et gobelins. La troisième branche se divisait deux fois, une fois pour les géants, puis se divisait encore deux fois pour les trolls et les ogres. À partir de ce graphique, il était facile de voir que les gobelins étaient les plus proches des hommes sur l'arbre. Il continua en expliquant diverses caractéristiques pour tous sauf les géants, les ogres et les trolls, qui n'étaient pas couverts dans ce cours. Il suggéra qu'ils pourraient se renseigner sur eux à la bibliothèque, s'ils en avaient envie.

Sir Kravchuk était assez divertissant dans son évident parti pris contre les gnomes et les elfes. Il n'avait que de bonnes choses à dire sur les nains. Sur le sujet des hommes, il déclara qu'assez de choses avaient été dites.

La cloche sonna et il leur énuméra rapidement quelques chapitres à lire avant le prochain cours. *Comme si ce n'était pas demain*, pensa Lola d'un air sardonique.

Sur le chemin du cours d'*herbologie*, ils discutèrent des nains de jardin et se demandèrent s'il y en avait dans la serre. Leur conversation s'arrêta brusquement en voyant le directeur Lianon parler avec la professeure Elderberry. Ils commencèrent à reculer pour attendre poliment dehors, mais on leur dit d'entrer.

— Bonjour, Mlle Evers et M. Johansson, dit le directeur.

— Bonjour, monsieur, répondirent-ils tous les deux.

— Comment vous adaptez-vous ? demanda-t-il.

— Très bien, dit Lola tandis que Devlin répondait :

— Merveilleusement bien, monsieur.

— Bien, bien, dit-il.

Puis, avec un air d'excuse, il ajouta :

— J'ai peur de devoir emprunter l'un d'entre vous pour un petit moment.

Devlin et Lola se regardèrent, essayant tous deux de deviner qui était en difficulté.

Comme s'il lisait dans leurs pensées, il rit.

— Vous n'êtes pas en difficulté, ni l'un ni l'autre. J'ai juste besoin d'un petit tête-à-tête avec chacun de vous, pour mieux vous connaître, expliqua-t-il d'un ton apaisant.

Visiblement soulagés, ils sourirent et acquiescèrent en attendant de savoir qui serait le premier.

— Nous allons reporter la leçon d'aujourd'hui et je vous ferai chacun une visite privée de la serre pour que vous sachiez où trouver les plantes de votre manuel, suggéra la professeure Elderberry.

— Excellente idée, dit le directeur. Les dames d'abord ? demanda-t-il, faisant signe à Lola de le précéder vers la porte.

Elle fit un signe d'au revoir à Devlin et sortit.

CHAPITRE 15
LE DIRECTEUR

Une fois dans le couloir, le directeur s'adapta à son rythme de marche, malgré sa taille bien plus imposante. Lola estima qu'il devait mesurer au moins 2,03 mètres. Il n'avait pas besoin de se baisser pour entrer dans une pièce et, comme la plupart des portes faisaient 2,13 mètres de haut, cela semblait à peu près juste.

Ses mains étaient nonchalamment croisées dans son dos et il arborait un air serein, comme si tout allait bien dans le meilleur des mondes. Soit Lola n'avait vraiment pas d'ennuis, soit il était un acteur extrêmement doué.

Ils descendirent le couloir en direction de la bibliothèque. Entre la porte de la bibliothèque et celle de la salle commune, il y avait une porte que Lola n'avait pas remarquée auparavant. Le directeur l'ouvrit et fit signe à Lola d'avancer. Elle donnait sur un escalier avec une autre porte en haut.

— Allez-y, ouvrez-la, dit-il lorsqu'elle fut en haut des marches.

Elle tourna la poignée et entra dans la pièce. Elle était immense ! Elle faisait à peu près la même taille que la salle commune et était probablement située juste au-dessus. Sur le mur du fond se trouvait l'une des plus grandes fenêtres que Lola ait jamais vues. Elle était complètement ronde, placée à environ trente centimètres du sol et s'ar-

99

rêtant à environ trente centimètres du plafond, qui devait facilement faire 3,60 mètres de haut. Elle imaginait que le grand directeur pouvait se tenir devant et avoir l'impression que c'était une fenêtre de taille normale. Devant se trouvait un grand bureau qui semblait avoir été sculpté dans un séquoia géant. Le dessus était lisse et poli, mais non verni. C'était exquis.

À gauche se trouvait une cheminée massive avec une sorte de peau d'ours sur le sol et deux fauteuils en cuir bien usés avec des repose-pieds assortis. À droite, il y avait une cloison qui, selon Lola, menait aux quartiers privés du directeur.

Il les conduisit vers les fauteuils et invita Lola à s'asseoir, lui demandant si elle voulait du thé. Elle déclina poliment et s'assit, les mains soigneusement posées sur ses genoux. Ses pieds, croisés pudiquement aux chevilles, pendaient, car ils ne touchaient pas le sol. C'étaient assurément des fauteuils pour les Hauts Elfes.

— J'aime apprendre à connaître les élèves. J'ai généralement largement le temps d'observer et d'avoir une petite conversation ici et là. Mais vous et M. Johansson partagez une situation particulière. Non seulement vous êtes arrivés ici tardivement, pour ainsi dire, mais vous avez aussi des antécédents similaires dans le sens où vous avez tous les deux eu des pères absents et êtes devenus orphelins à la mort de vos mères. Le fait que ces décès se soient produits à quelques jours d'intervalle est peut-être une malheureuse coïncidence, mais je trouve cela suspect. D'autant plus que vous avez tous les deux été tenus dans l'ignorance de votre héritage pendant si longtemps, dit-il avant de faire une pause pour laisser ces mots faire leur effet.

Les yeux de Lola s'écarquillèrent face à cette implication et sa gorge se serra. Ses yeux s'embuèrent, mais elle réprima ses larmes et prit une profonde inspiration.

— Veuillez continuer, monsieur, dit-elle stoïquement.

— Y a-t-il eu quoi que ce soit d'inhabituel dans votre éducation? Votre mère avait-elle des amis ou des connaissances que vous auriez pu trouver étranges? demanda-t-il.

Lola secoua la tête.

— Et chez votre tante depuis que vous y êtes. Y a-t-il eu une activité inhabituelle? À part le fait de découvrir que vous pouvez voyager avec une clé magique, bien sûr, dit-il avec un sourire chaleureux.

Lola leva les yeux vers lui. Il la regardait droit dans les yeux. Elle pouvait presque l'entendre dire « Allez-y, vous pouvez me le dire » dans sa tête. Elle se demanda si les Hauts Elfes avaient des capacités télépathiques. Quand elle entendit réellement le mot « Oui » dans sa tête, elle sursauta et agrippa les accoudoirs.

— Vous pouvez lire dans mes pensées? demanda-t-elle d'une voix tendue.

— Je peux communiquer avec vous par télépathie. Ce n'est pas tout à fait la même chose. Je ne peux entendre que les pensées auxquelles vous me donnez accès, en réponse à une question par exemple, dit-il à voix haute.

— D'accord. C'est bizarre, répondit-elle avec une moue.

— Je m'excuse d'être intrusif, je voulais simplement voir si vous aviez aussi cette capacité, dit-il d'un air penaud.

— Attendez, quoi? demanda Lola, confuse.

— Le fait que vous ayez pu me poser une question signifie que vous avez une prédisposition, répondit-il.

— Je n'ai pas posé de question. Je me demandais juste. En fait, j'étais en train de réfléchir à vous parler de quelque chose, dit-elle honnêtement.

— Cela n'a pas vraiment d'importance pour le moment. Ce qui compte, c'est votre bien-être et votre sécurité. Je ne veux pas vous alarmer, mais nous examinons tous les aspects de cette situation. Nous savons déjà que vous êtes une marcheuse du temps. C'est, en soi, rare, déclara-t-il.

— Comment le savez-vous? demanda Lola.

— Votre clé; elle est différente des clés de voyage ordinaires. La vôtre est un passe-partout, elle peut ouvrir n'importe quelle porte, expliqua-t-il. Maintenant, qu'est-ce que vous hésitiez à partager? ajouta-t-il.

— Eh bien, quelque chose d'inhabituel s'est effectivement produit après mon arrivée au manoir des Evers, dit-elle.

Elle lui parla des voyages dans le temps de son père, de l'enlèvement, des incantations et de la réunion du conseil. Elle évoqua également les avocats, les ancêtres et ce dont elle se souvenait du lien avec les francs-maçons. Il écouta attentivement sans l'interrompre. Il posa aussi quelques questions pour clarifier certains points lorsqu'elle eut terminé. Il sembla surpris d'apprendre que les Archives étaient en vieil anglais, car toutes les copies qu'il avait vues étaient en latin.

— Lola, je pense que je devrais avoir une conversation avec votre tante Phyllis et, peut-être, avec vos avocats, dit-il.

Quand les yeux de Lola s'écarquillèrent à nouveau, il la rassura en lui disant que personne n'avait d'ennuis. Il réfléchit à voix haute sur la raison pour laquelle son père et sa tante avaient vécu avec les clés sans jamais fréquenter L'académie et dit qu'il devait savoir s'il en était de même pour les familles qui avaient assisté au conseil. Il avança qu'il pourrait y avoir un sous-ensemble de voyageurs dont L'académie n'avait même pas connaissance, puisque les premiers avocats ou peut-être les francs-maçons avaient fait traduire les Archives en anglais pour les colons en Amérique. Lola hocha la tête, sans savoir si elle acquiesçait à quelque chose ou si elle montrait simplement qu'elle comprenait ce qu'il disait. *Tant de questions sans réponses*, pensa-t-elle.

— Oui, bien sûr, vous devriez en parler à Phyllis. Elle a un ami au conseil, Boris, celui qui nous a aidés pendant l'enlèvement. Il en saurait probablement encore plus qu'elle à ce sujet, dit Lola, espérant être utile.

— Merci, Lola. Je suis sûr que nous irons au fond des choses et découvrirons que tout va bien. Mais si ce n'est pas le cas, nous voulons pouvoir aborder tous les problèmes qui pourraient survenir, et pour cela, nous avons besoin de toutes les informations disponibles, dit-il.

— Oui, monsieur, dit-elle en se détendant un peu plus.

— Maintenant, si ça ne vous dérange pas d'aller chercher M. Johansson, je vais vous laisser retourner auprès de la professeure Elderberry pour cette visite, dit-il en se levant et en se dirigeant vers la porte pour l'ouvrir.

— Oui, bien sûr. Merci, monsieur, dit Lola en marchant rapidement vers la porte et en descendant les marches.

Elle descendit le couloir presque en courant et s'arrêta brusquement devant la porte de la salle de classe. Elle lissa son uniforme, vérifia ses cheveux dans le reflet de la vitre givrée et prit une profonde inspiration pour se calmer avant d'ouvrir la porte. La salle de classe était vide, alors elle se dirigea vers la serre. Ne voyant ni l'un ni l'autre, elle appela :

— Devlin ? Professeure Elderberry ?

— Dans l'allée de gauche ! répondit sa professeure d'une voix quelque peu étouffée.

— Le directeur voudrait voir Devlin maintenant, dit-elle, haussant la voix pour être entendue.

— J'arrive, dit Devlin, et elle entendit des pas se précipiter vers elle.

Bientôt, il apparut au bout de l'allée. Elle lui donna les directions pour le bureau et il lui indiqua où trouver la professeure d'*herbologie*, puis ils partirent chacun de leur côté.

Lola descendit l'allée en appelant sa professeure puisqu'elle ne pouvait pas la voir. Finalement, elle entendit un bourdonnement sur sa droite. L'*abeille* rose venait vers elle lentement, faisant des motifs dans l'air pour attirer son attention. Lola rit et dit :

— Oui, je vous vois !

L'abeille vola devant elle dans l'allée et, dans un miroitement de l'air, se transforma en professeure Elderberry.

— Je ne voulais pas te surprendre cette fois, dit-elle en secouant ses jupes, qui étaient en fait d'un lavande pâle aujourd'hui. Elle avait même de la lavande tressée dans ses cheveux, actuellement coiffés en un chignon lâche.

— Es-tu prête pour ta visite ? demanda-t-elle, et Lola acquiesça.

— Va chercher ton manuel et un crayon, tu voudras noter l'emplacement des plantes au fur et à mesure, suggéra-t-elle.

Lola courut à la salle de classe pour chercher ses affaires. Sa professeure l'attendait près de la porte et elles commencèrent.

Elles débutèrent par le périmètre extérieur, puis descendirent les trois allées centrales. Presque toutes les plantes de son manuel étaient présentes dans la serre, à l'exception d'une poignée que la professeure Elderberry décrivit comme dangereuses et strictement contrôlées.

Alors qu'elles revenaient vers le modèle de l'école, la professeure consulta sa montre.

— J'ai bien peur que nous n'ayons pas le temps de visiter les terrains extérieurs, dit-elle, semblant un peu déçue.

— Ce n'est pas grave, dit Lola. Nous pourrons y aller avec Devlin la prochaine fois, ajouta-t-elle.

Elles retournèrent à la salle de classe et la professeure lui donna le devoir de lecture.

— Tu t'assureras que Devlin le reçoive ? demanda-t-elle.

— Oui, nous faisons nos lectures et nos révisions à la bibliothèque tous les soirs, et je le verrai de toute façon au dîner, dit Lola.

— Parfait, je vous verrai en classe demain, à moins que tu ne veuilles venir le matin. C'est vraiment un endroit magnifique pour regarder le lever du soleil. Il y a un banc juste devant la serre, dit-elle, rayonnante.

— Ça a l'air merveilleux. Je pourrais bien accepter votre offre ! répondit Lola.

La cloche sonna et elle rassembla ses affaires avant de quitter la salle de classe.

Dans le couloir, elle rejoignit les autres et ils se dirigèrent ensemble vers la salle à manger. Devlin était déjà à table quand ils arrivèrent. Il lança un regard entendu à Lola qui hocha légèrement la tête et articula silencieusement le mot *plus tard*. Il acquiesça aussi et commença à bavarder avec les garçons tandis qu'ils attendaient tous impatiemment l'arrivée des plateaux.

Ils ne furent pas déçus. Aujourd'hui, ils avaient le choix entre trois types de sandwichs grillés : des paninis au jambon et fromage, des rolls au homard ou des quésadillas au brie et aux pommes. Il y avait aussi de la salade de chou et de la salade de pommes de terre. Pour le dessert, des cookies aux pépites de chocolat et de petites tartelettes aux fruits.

Ça vaut vraiment le coup de faire quatre heures d'école d'été pour manger des déjeuners comme ceux-là, pensa Lola tandis que tout le monde commençait à se passer les assiettes et à parler avec animation des cours de la matinée.

CHAPITRE 16
TEMPS LIBRE

Après avoir récupéré son sac de sport, Lola se dirigea vers le hall principal avec les autres pour les cours de l'après-midi. À son arrivée, le professeur Thunderbolt attendait déjà pour conduire son groupe vers l'aile ouest. À leur grande joie, Devlin et Lola purent rejoindre leurs amis pour le cours de *magie*. La salle de classe de *magie* ressemblait à celle de *voyage*; elle avait une vraie salle de classe d'un côté et une salle de pratique de l'autre côté de la cloison vitrée. Le professeur demanda à Lola et Devlin de s'asseoir avec des élèves plus expérimentés et de prendre des notes. Ils ne feraient qu'assister aux prochains cours. Il leur donna à chacun un manuel à lire : *Les règles de la magie, un manuel pour les êtres non-magiques.*

Lola s'assit avec Sara et comprit rapidement pourquoi ils ne feraient qu'observer. Tant qu'ils ne maîtriseraient pas les rudiments du latin, il était inutile d'essayer de lire, et encore moins de prononcer, des sortilèges.

Le professeur Thunderbolt avait un très grand livre sur son bureau qui ressemblait beaucoup aux Archives que Lola avait reçues et apportées dans son coffre. Elle supposa que les professeurs lui demanderaient de le produire quand ce serait nécessaire, bien qu'aucun ne l'ait

105

fait jusqu'à présent. Elle se pencha vers Sara et lui posa des questions sur le livre.

— Ce sont les Archives. Un livre rare et précieux de sortilèges datant des débuts des voyageurs. On dit qu'il a été offert aux humains, avec les clés, par les Ancêtres, bien que je ne sache pas qui ils sont ni d'où ils viennent, chuchota Sara tandis que le professeur montrait la bonne façon de prononcer un sortilège spécifique pour remonter dix secondes dans le temps.

Lola laissa ces informations faire leur chemin. C'était donc une bonne chose qu'elle ait laissé sa copie des Archives dans son coffre. Elle se demanda si elle devait dire au directeur qu'elle l'avait avec elle. Il était difficile de ne pas avoir l'impression d'être dans une sorte de pétrin. Au minimum, quelqu'un dans son arbre généalogique avait dû faire quelque chose de mal pour qu'ils soient si différents de tous les autres voyageurs. Bon, il y avait Devlin aussi. Et probablement ces autres voyageurs du conseil, mais il n'y avait aucun moyen de le savoir. Peut-être qu'ils avaient tous fréquenté L'académie. Mais pourquoi avoir un conseil avec seulement une douzaine de familles du monde entier? Il y avait une douzaine d'enfants dans chaque groupe du programme d'été à L'académie. Cela signifiait qu'il devait y avoir au moins cinquante familles de voyageurs. Était-ce la seule école? se demanda-t-elle.

Elle devait laisser tomber ça et se concentrer. Le professeur Thunderbolt passa en revue une poignée de sortilèges puis demanda aux élèves d'aller s'entraîner par paires dans l'autre salle. Quand Lola et Devlin firent mine de les suivre, il les retint, gardant un œil sur les autres élèves.

— Il n'y a que deux cours l'après-midi en même temps, donc vous n'aurez pas de cours particuliers comme le matin. J'ai entendu dire que Lady Samsara vous a vus en privé hier, mais c'est uniquement parce qu'elle a un stagiaire cet été. Comme je n'ai pas ce privilège, vous devrez rattraper votre retard. Vous pouvez utiliser ce temps pour étudier indépendamment à la bibliothèque ou vous pouvez assister au cours comme aujourd'hui. Dans les deux cas, je vous donnerai des lectures à faire et je vérifierai vos progrès, dit-il avant de partir rejoindre le reste de la classe.

— Qu'en penses-tu ? demanda Lola.

— Je pense qu'on devrait utiliser ce temps pour réviser à fond à la bibliothèque. Et toi ? répondit Devlin.

— Je suis d'accord. Même si c'est cool à tous les niveaux, dit Lola, en regardant Sara à travers la cloison vitrée.

Elle venait de se rendre invisible pendant quelques secondes.

Devlin frappa à la cloison pour attirer l'attention du professeur et pointa la porte, indiquant qu'ils allaient à la bibliothèque. Le professeur vint à la porte et leur dit de lire les cinq premiers chapitres et de noter toutes les questions qu'ils pourraient avoir. Ils devaient revenir en classe jeudi pour faire le point et obtenir leur prochaine mission. Ils acquiescèrent, prirent leurs affaires et se dirigèrent vers la bibliothèque. Ils avaient une bonne quarantaine de minutes avant le prochain cours.

En marchant, Lola demanda à Devlin comment s'était passée sa visite chez le directeur.

— C'était une visite très inhabituelle ! dit-il.

— Eh bien, vas-y, raconte-moi. Je meurs d'envie de savoir ! dit Lola.

Il regarda autour de lui pour voir si quelqu'un pouvait les entendre et garda une voix basse.

— Tout d'abord, as-tu remarqué qu'il a un portail dans son bureau ? demanda-t-il.

— Un portail ? demanda Lola, l'air confus.

— Tu sais, cette énorme fenêtre ronde devant son bureau, c'est un portail, dit-il avec excitation.

— Un portail vers où ? demanda Lola, qui commençait à penser qu'elle devrait peut-être se renseigner sur le folklore magique.

— N'importe où ! dit Devlin, les yeux écarquillés, mimant avec ses bras.

— Comment le sais-tu ? demanda Lola, ses propres yeux s'agrandissant.

— Il me l'a dit, bien sûr. Parce que je suis un voyageur des mondes, expliqua-t-il.

Il allait continuer quand ils croisèrent quelques serveurs du déjeuner qui poussaient un chariot de vaisselle sale. Ils sourirent tous les deux et ne reprirent leur conversation qu'une fois arrivés à la bibliothèque, et là encore, seulement à voix basse. Ils allèrent à leur table habituelle. Ils étaient les seuls présents, et personne ne leur demanda pourquoi ils n'étaient pas en cours. En fait, ni Lola ni Devlin ne remarquèrent même s'il y avait quelqu'un au comptoir, tellement ils étaient absorbés par leur discussion.

— Il m'a montré à quoi sert ma bille, dit Devlin, la sortant de sa poche.

Lola pencha la tête et lui lança un regard noir, l'incitant à continuer.

— C'est un marqueur de temps et de lieu. Je la place dans le panneau de contrôle avant de voyager puis je la porte avec moi pour pouvoir revenir à mon point de départ, dit-il d'une voix très basse, vérifiant toujours s'il y avait quelqu'un aux alentours.

— Panneau de contrôle? Comme un boîtier de fusibles? questionna Lola, complètement perplexe.

— Non, c'est un peu comme une souris d'ordinateur à boule de commande. Il y a une prise et tu y mets la bille, et le clavier te permet d'entrer ta position actuelle, expliqua-t-il.

— Et pour ta destination? Si tu peux aller dans d'autres mondes, y a-t-il un registre? Un catalogue où choisir? Ou est-ce que tu les feuillettes simplement comme dans ce film Doctor Strange? demanda-t-elle.

— Oui, c'est un peu comme dans le film Doctor Strange. C'est compliqué. Et j'aurai des cours particuliers avec le directeur à l'automne. Tout comme tu auras sûrement des cours particuliers de voyage dans le temps, dit-il.

Ils restèrent assis en silence pendant un moment. Puis Lola lui demanda ce qu'il pensait des sorts que le reste de leur classe était en train de faire. Ils finirent par discuter tout le reste de la période et sursautèrent avec un air coupable en entendant la sonnerie. Ils se dirigèrent vers le hall principal et Devlin lui raconta que le directeur pensait que l'accident de sa mère n'était peut-être pas vraiment un accident et qu'ils enquêtaient là-dessus. Elle lui dit que le directeur enquêtait aussi sur plusieurs choses de son côté et qu'il allait convoquer sa tante pour une discussion.

Ils furent bientôt rejoints par le reste de la bande qui s'était déjà changée en prévision du cours. Lola courut jusqu'à leur chambre, se changea et redescendit juste à temps, un peu essoufflée. La professeure Brambles lui dit qu'elle apprécierait sûrement ce cours reposant. « Tu n'as pas idée », murmura Lola, et Devlin, qui venait d'arriver et haletait à côté d'elle, gloussa.

Le groupe de *pleine conscience et méditation* suivit le chemin de gauche à partir du demi-cercle, où le maître avait disposé ses élèves en trois lignes. *Ce doivent être les élèves avancés; ils ne sont pas si nombreux.* Tendant le cou, elle aperçut leurs amis dans l'une des lignes et leur fit signe.

Leur groupe suivit le chemin autour du bâtiment, puis tourna à droite au prochain embranchement, vers les bois entourant le dôme. En approchant de la fin du chemin, Lola vit qu'il y avait une grande plateforme en bois avec des bancs tout autour. Les élèves allèrent aux bancs et soulevèrent les sièges. Des coussins étaient disposés à proximité pour qu'ils puissent s'asseoir dessus. Lola et Devlin prirent un coussin et allèrent s'asseoir dans un espace libre. Lola reconnut Tom, le garçon qui les avait aidés à dupliquer leurs notes. Il lui fit un clin d'œil et elle rougit avant de se détourner rapidement.

La professeure s'assit en position du lotus, face à eux. Elle portait un pantalon bouffant en soie verte et un haut ample à motifs floraux. Ses cheveux châtains étaient séparés par une raie au milieu et tombaient librement dans son dos. Elle était l'incarnation même de la sérénité. *Rien que la regarder est apaisant*, pensa Lola. Elle avait une peau dorée et des yeux verts pailletés d'or. Elle ne portait pas de maquillage, mais Lola pensait qu'elle était facilement la plus belle femme qu'elle ait jamais vue. Il était impossible de dire quel âge elle avait. Elle était jeune sans paraître juvénile et sage sans paraître âgée. Une énigme, assurément.

— Bienvenue à nouveau au cours de *pleine conscience et méditation*, c'est un plaisir de vous revoir tous. Pour nos nouveaux élèves, je suis la professeure Brambles. Veuillez suivre du mieux que vous pouvez et je viendrai vous voir dans un petit moment, dit-elle en regardant Lola, puis Devlin.

Ils acquiescèrent tous les deux. Lola était un peu gênée que tout le monde la regarde.

La professeure plongea la main dans sa poche et en sortit un livre miniature. *Elle ne peut sûrement pas lire un si petit livre*, pensa naïvement Lola. Cependant, le livre reprit sa taille normale dès qu'elle le tint dans sa main. La magie des fées ! Elle se mit à lire un passage du livre pendant que tout le monde écoutait attentivement. Quand elle eut terminé, elle demanda aux gens leur interprétation. Quelques mains se levèrent, et elle donna à chacun son tour pour offrir une opinion. Elle leur sourit sereinement et leur dit qu'ils avaient une grande perspicacité. D'un geste de la main, une légère musique de méditation commença. Elle leur fit fermer les yeux et respirer profondément. Sa voix hypnotique les guida dans une méditation à travers le désert par une journée ensoleillée, avec un ciel bleu azur et la plus légère des brises chaudes.

Ce n'est qu'en entendant la cloche que Lola réalisa qu'ils avaient médité pendant plus de trente minutes. Enfin, certains d'entre eux. Quelques-uns s'étaient endormis et on pouvait les entendre ronfler. Elle entendit quelques gloussements et la réprimande de la professeure Brambles disant que le sommeil était la façon dont l'esprit occupé obtenait le repos dont il avait besoin. Avec une main douce, elle alla réveiller les élèves assoupis et reprit sa position à l'avant de la classe.

— Quelqu'un aimerait-il partager son expérience ? demanda-t-elle.

À nouveau, quelques mains se levèrent et les élèves partagèrent leurs expériences. Certaines d'entre elles semblaient être des expériences hors du corps, mais Lola n'en était pas sûre. Elle était encore novice dans cette affaire de méditation. À chaque échange, la professeure Brambles s'exclamait à quel point elle trouvait les expériences intéressantes ou stimulantes. Avec une révérence et un *Namasté*, elle congédia le groupe, mais demanda à Lola et Devlin de rester pour une petite discussion.

— Comment cela s'est-il passé? demanda-t-elle. Était-ce votre première expérience de méditation?

Devlin regarda Lola et lui fit signe de commencer.

— Je viens juste de commencer. Ma tante me l'a enseignée. Elle a dit que ça aiderait à se concentrer lors des voyages. Mais ça aide aussi à gérer... tout, dit Lola en faisant de grands gestes avec ses mains.

La professeure Brambles émit un bruit de compréhension et se tourna vers Devlin avec expectative.

— Ma mère avait une pratique de méditation et elle me l'a enseignée quand j'étais jeune. Nous méditions ensemble quelques fois par semaine. J'admets que j'ai laissé tomber depuis qu'elle est décédée, mais aujourd'hui c'était vraiment bien, alors je pense que je vais reprendre l'habitude, dit-il sincèrement.

— Merveilleux! dit-elle en sortant deux mini manuels de sa poche et en les leur tendant.

Ils les fixèrent, attendant le « pop », mais rien ne se passa.

— Votre devoir est de trouver comment les remettre à leur taille normale, dit-elle et, tournant sur elle-même, elle disparut.

Lola et Devlin restèrent simplement là tandis que le vent de son départ ébouriffait leurs cheveux.

CHAPITRE 17
FATIGUÉE

Lorsque Lola entra dans la chambre, elle laissa tomber toutes ses affaires et s'effondra sur son lit, face contre l'oreiller. Malgré sa méditation de trente minutes, elle était épuisée jusqu'à la moelle. Quand elle avait imaginé un camp d'été, elle avait pensé à de l'équitation, de la baignade dans le lac et des chansons autour d'un feu de camp.

Elle entendit la serrure tourner lorsque Sara entra dans la chambre. Celle-ci jeta un coup d'œil à Lola et éclata de rire. Elle alla ensuite rejoindre Lola sur le lit.

— Ça va ? demanda-t-elle.

— J'ai juste besoin d'une sieste de cinq cents minutes, répondit Lola, la voix étouffée par l'oreiller.

— Tu ne t'es pas reposée pendant le cours de méditation ? demanda Sara.

— Si, c'était super. Mais mon cerveau ne peut pas gérer toutes ces informations en juillet, répliqua-t-elle.

Sara se leva et posa ses affaires. Elle rassembla ses articles de toilette et sa serviette et se dirigea vers la douche. Avant de partir, elle déclara :

— Une douche va éliminer toute cette fatigue.

Lola leva la tête et se tourna vers la porte.

— Tu penses qu'une douche guérit tout, dit-elle.

— Non, andouille, c'est le thé qui guérit tout! Cependant, est-ce que ça te motiverait de savoir que j'ai entendu dire qu'il y aura de la tarte au chocolat au dessert ce soir? demanda-t-elle, essayant de tenter son amie pour qu'elle se lève.

Lola se redressa d'un coup et demanda :

— Avec de la crème fouettée?

— Y a-t-il une autre façon de la servir? répondit Sara.

Lola se leva d'un bond et attrapa sa serviette et sa trousse de toilette. Sara partit avec un sourire aux lèvres.

IL Y AVAIT EFFECTIVEMENT de la tarte au chocolat avec de la crème fouettée au dessert. Il y avait aussi une variante de macaroni au fromage : des grosses pâtes bouclées nappées d'une sauce crémeuse au cheddar blanc, servies avec des haricots verts et jaunes beurrés. Les petits pains du jour étaient accompagnés d'un beurre à l'estragon qui fit rouler les yeux de Lola de plaisir.

— Tu es contente que je t'aie fait sortir de ton lit? demanda Sara alors que Lola gémissait de plaisir en mangeant son dîner, ce que tout le monde trouvait hilarant.

Elle se demanda s'ils préparaient une si bonne nourriture pour que les enfants ne se sentent pas nostalgiques de leur maison.

— Oui. C'est incroyable, dit-elle en tendant son assiette à Colin pour une deuxième portion de macaroni au fromage.

— Je crois que je vais demander à m'installer ici définitivement, dit Devlin, la bouche pleine de macaroni au fromage.

Lola rit. *Il me comprend*, pensa-t-elle. Les autres tenaient ça pour acquis. Lola était plus que consciente d'avoir eu la chance de naître dans la famille Evers et d'être maintenant l'héritière de la fortune familiale. Mais elle se souvenait des semaines où il y avait trop de factures et où sa mère préparait des haricots et des saucisses pour le dîner, ou les traditionnels macaroni au fromage qui venaient d'une boîte. Lola ne s'était jamais plainte ; elle trouvait que tout avait bon goût.

Jusqu'à ce que Phyllis cuisine pour elle. Et maintenant, chaque repas à l'école lui semblait digne d'un restaurant cinq étoiles. Et le pauvre Devlin, tout seul, devant cuisiner pour lui-même. Pas étonnant qu'il veuille s'installer ici.

Lenora intervint et demanda s'ils voulaient aller jouer à cache-cache dans les bois après le dîner. Colin et James furent les premiers à dire oui. Clara dit qu'elle avait d'autres projets, ce qui fit hausser des sourcils interrogateurs.

— Invite tes projets à venir avec nous, dit Lenora avec un clin d'œil.

— C'est trop tôt pour ça, répondit Clara de manière énigmatique.

Le regard de Lenora se posa sur Lola et Devlin.

— Et vous ? demanda-t-elle.

— Ou peut-être avez-vous un autre grand rendez-vous d'étude ? demanda Sara en donnant un coup de coude à Lola.

— Ce n'est pas un rendez-vous, on a juste beaucoup de choses à réviser et je ne veux pas passer le reste de mon été à lire des livres pour l'école comme une intello, répliqua Lola.

— J'adorerais aller jouer à cache-cache. Mais Lola a raison, on a tellement de retard sur vous tous, ce n'est même pas drôle et on doit suivre les mêmes cours que vous à l'automne, dit Devlin.

— C'est bon, on comprend, dit Sara. On vous taquine juste, ajouta-t-elle.

— Je suis sûre qu'on pourra faire une pause ce week-end, n'est-ce pas ? dit Lola en se tournant vers Devlin.

— Ouais, on sera tellement malades de lire, et l'un de l'autre, qu'on vous suppliera de jouer à cache-cache ! répondit-il.

Tout le monde rit et se goinfra de tartes au chocolat.

APRÈS LE DÎNER, la bande se dirigea vers la salle commune pour voir s'ils pouvaient intéresser leurs camarades de classe à jouer à cache-

cache. C'était tellement mieux quand ils étaient plus nombreux. Pendant que les garçons faisaient le tour de la salle, les filles discutaient de la relation entre Lola et Devlin. Les deux étaient partis, encore une fois, étudier à la bibliothèque.

Les garçons revinrent avec un groupe de personnes, dont le rencart de Clara. Il lui demanda si ça ne la dérangeait pas qu'il se joigne au groupe et, bien sûr, elle dut accepter. Il n'y avait plus de secret ; autant faire avec.

Ils se dirigèrent vers le bois, passant devant quelques-uns des plus jeunes élèves qui jouaient à « Passe l'Orbe » avec Sir Kravchuk.

— Les règles sont simples, expliqua Colin. Tout le monde se met par deux. Un représentant de chaque équipe tirera à la courte paille, le plus court compte en premier. L'équipe compte à voix haute jusqu'à cent pendant que tout le monde se cache. Les équipes se cachent ensemble ; si l'un est repéré, les deux sont éliminés. Les équipes trouvées doivent revenir à l'arbre de comptage. Tous les sorts sont autorisés. Si après quinze minutes, l'équipe qui compte n'a pas trouvé tout le monde, le jeu se termine et une nouvelle équipe commence à compter. Des questions ? conclut-il.

Colin et James tirèrent la courte paille et commencèrent à compter pendant que les autres se dispersaient. Quand ils commencèrent à chercher, James utilisa une incantation pour créer une orbe de lumière. Ils marchèrent le long du sentier, tendant l'oreille pour entendre le bruissement des feuilles. Toute la classe s'était entraînée ce jour-là au sort d'invisibilité et à celui de la bulle de silence, alors le jeu de ce soir allait être serré.

Ils prirent leur temps. Cache-cache était amusant, mais il y avait une motivation supplémentaire pour les élèves plus âgés. Se mettre par deux n'était pas seulement une question de sécurité, cela offrait aussi un peu de temps en tête-à-tête pour les couples.

Un gloussement retentit sur la gauche. James éteignit son orbe et se dirigea discrètement vers le bruit. Il avait des réflexes félins et voyait très bien dans l'obscurité. Il s'accroupit dans les feuilles et attendit. Aucun des sorts ne durait très longtemps. Il entendit le chuchotement, tendit la main et saisit un bras. Sa propriétaire poussa un cri à glacer le sang.

Colin accourut avec un orbe.

— Ne crie pas comme ça. Les profs vont t'entendre ! la réprimanda-t-il.

C'était Amanda. C'était une fille craintive, mais elle aurait dû s'y attendre. Ce n'était pas la première fois qu'elle jouait.

— Désolée, mais tu m'as fait une de ces peurs ! dit-elle en frappant James sur la poitrine. Comment peux-tu être si furtif ?

Elle se leva de derrière le rocher où elle s'était cachée avec son petit ami Mark. Ce dernier ricana et la ramena vers l'arbre de comptage tout en lui chuchotant à l'oreille. Bientôt, on put l'entendre glousser le long du chemin.

Lorsque le minuteur de quinze minutes sonna, Colin et James avaient trouvé quatre des cinq équipes. Sara et Jacob furent couronnés champions et une nouvelle partie commença.

CHAPITRE 18
BIBLIOTHÈQUE

À la bibliothèque, Lola et Devlin continuèrent comme ils l'avaient fait jusque-là. Ils lisaient pendant vingt minutes, puis partageaient cinq minutes chacun. Ils essayèrent chacun le sort de duplication une fois et ça fonctionna ! En lisant le manuel de *magie*, ils réalisèrent que la plupart des sorts qui s'y trouvaient servaient à protéger les voyageurs pendant leurs périples, ou pour des choses anodines comme fermer des portes ou dupliquer des notes. Bien que curieux, ils n'essayèrent aucun des sorts. Ils cherchèrent cependant un sort pour agrandir leur livre de *pleine conscience et méditation*, mais n'en trouvèrent pas. Décidant qu'ils avaient encore un jour pour trouver une solution, ils prirent de l'avance dans les manuels d'*arts martiaux* et de *voyage* pour avoir plus de temps le lendemain. Ils convinrent également de demander à leurs amis. Peut-être qu'ils pourraient les aider.

Alors qu'ils quittaient la bibliothèque pour retourner à leurs dortoirs, ils remarquèrent que le directeur venait vers eux. Il leva un doigt pour les arrêter, alors ils attendirent qu'il les rattrape.

— Vous avez rattrapé toutes vos lectures d'aujourd'hui ? demanda-t-il aimablement.

— Oui, monsieur, répondirent-ils tous les deux.

119

— Bien, bien. M. Johansson, si ça ne vous dérange pas de passer devant, j'aimerais avoir un mot avec Mlle Evers.

— Bien sûr. Bonne nuit, monsieur. Bonne nuit, Lola, dit-il avant de partir rapidement.

Ils le regardèrent partir et le directeur se tourna vers Lola.

— J'ai écrit à votre tante cet après-midi. Elle viendra demain, mais j'ai bien peur que vous soyez en cours, dit-il.

— Ce n'est pas grave, merci de me prévenir, dit poliment Lola.

— Dans sa réponse, elle a mentionné que vous étiez venue à l'école avec les Archives, dit-il.

Il attendit pour voir si elle allait répondre. Comme elle se contentait de le regarder, il continua.

— Avez-vous le livre dans votre chambre, Lola?

— Oui, monsieur. Il est dans mon coffre. J'attendais que les professeurs me demandent de l'apporter en cours. Il est assez lourd.

— Mais aucun d'eux ne l'a fait, l'encouragea-t-il.

— Non, en effet, murmura-t-elle.

— Savez-vous pourquoi? demanda-t-il.

— Je le sais maintenant. J'en ai vu un similaire en cours de magie et j'ai demandé à Sara. Elle m'a dit qu'il était rare. Ce qui signifie qu'aucun des autres élèves n'a son propre exemplaire, je présume, hasarda-t-elle.

— Vous présumez correctement. L'avez-vous montré à quelqu'un? Ou en avez-vous parlé à quelqu'un? demanda-t-il anxieusement, ses yeux perçants les siens comme s'il sondait son esprit.

— Non, monsieur, bégaya-t-elle.

— Je pense qu'il serait préférable que vous me l'apportiez pour que je puisse le garder en sécurité, suggéra-t-il.

— Maintenant, monsieur? demanda Lola.

— Je sais qu'il est tard et que c'est après le couvre-feu, mais je ne pense pas qu'il soit prudent de laisser le livre où il est, dit-il en commençant à marcher vers le hall principal.

Lola le suivit. Quand ils arrivèrent aux escaliers, il s'arrêta et pointa vers le haut.

— Montez le chercher rapidement, mettez-le dans votre sac d'école pour que personne ne le voie, l'exhorta-t-il dans un murmure.

Elle monta les escaliers en courant, parcourut le couloir et déverrouilla sa porte. Le couloir était éclairé par une faible lumière pour que les élèves puissent aller aux toilettes la nuit sans trébucher. Sara lisait au lit avec une lampe frontale, en l'attendant.

— Où étais-tu? Il est plus de 22 heures. Tu sais dans quels ennuis tu peux te mettre pour ça ? Et si on te trouve avec un garçon, c'est encore pire! chuchota-t-elle.

— J'étais avec le directeur et il a besoin que je lui donne un livre que j'ai apporté de chez moi, dit-elle en laissant tomber son sac et en se dirigeant vers son coffre.

— Maintenant? demanda-t-elle, incrédule.

— Oui, maintenant. Il m'attend au bas des escaliers en ce moment. Je dois me dépêcher.

Elle ouvrit son coffre et chercha à tâtons sa propre lampe de poche. Elle prit une taie d'oreiller de rechange pour y mettre le livre. Puis elle ouvrit la boîte où elle avait laissé les Archives, mais elle était vide. Elle ouvrit l'autre boîte — elle était vide aussi. Elle fouilla le reste du coffre, mais les Archives n'étaient nulle part.

Elle alla au mur et essaya d'allumer la lumière du plafond, mais elle ne s'allumait pas. Elle vérifia sa bibliothèque dans l'espoir de l'avoir placé par inadvertance avec ses autres livres, mais il n'y était pas. Puis elle se mordit la lèvre et se tourna vers Sara.

— Tu m'as emprunté un livre? demanda-t-elle.

— Non, pourquoi? dit-elle.

— Il n'est pas là et je jure que je l'avais laissé dans mon coffre. Personne ne vient ici à part nous deux, n'est-ce pas? demanda-t-elle.

— C'est vrai, bien que j'imagine que ceux qui travaillent ici ont des clés en cas d'urgence ou si on s'enferme dehors, dit Sara.

— Je ferais mieux d'aller voir le directeur. Il va se demander ce qui me prend tant de temps, dit Lola et elle quitta la pièce pour aller lui annoncer la mauvaise nouvelle.

Il ne sembla pas surpris.

— Je craignais que cela n'arrive, dit-il.

— Peut-être qu'il est rentré à la maison, ou chez les avocats. Il a un peu sa propre volonté, suggéra Lola, espérant que le livre n'avait pas été volé.

Elle était la gardienne des Archives. C'était grave. Elle commença à se tordre les mains. Le directeur posa une main sur les siennes et lui dit de ne pas s'inquiéter. Il demanderait à sa tante le lendemain et il était sûr que le livre réapparaîtrait tôt ou tard.

— Allez dormir. Je vous ai gardée debout assez longtemps, dit-il et il lui fit signe de monter les escaliers tandis que lui-même retournait dans le couloir vers ses appartements.

Quand elle revint dans la chambre, elle dit à Sara qu'elle s'était trompée et que sa tante enverrait le livre au directeur. Elles se souhaitèrent bonne nuit et elle se mit au lit, une fois de plus, sans se brosser les dents ni se laver le visage. Elle essaya de ne pas ressasser l'histoire du livre ou le fait que la mort de Devlin et de sa mère ait pu se produire dans des circonstances inhabituelles. Elle se dit d'écouter sa respiration. Inspirer et expirer. Inspirer et expirer. Au bout d'un moment, elle s'endormit.

CHAPITRE 19
VOLER

On pourrait penser que se coucher tard aiderait Lola à se réveiller plus tard, mais elle était debout aux premières lueurs de l'aube malgré tout. Elle avait sa routine bien rodée. Mais aujourd'hui, au lieu d'aller revoir ses notes dans la salle à manger comme la veille, elle se rendit à la serre pour une dose de nature dont elle avait grand besoin.

À son arrivée, elle appela la professeure Elderberry, mais n'obtint aucune réponse. Elle descendit l'allée principale et examina la maquette à la recherche d'un mouvement. Elle fit le tour et crut apercevoir le directeur debout devant sa grande fenêtre ronde. En plissant les yeux pour mieux voir, elle jura qu'il lui faisait signe. Bêtement, elle lui rendit son salut et s'éloigna de la maquette.

Elle se dirigea vers les portes extérieures et en ouvrit une. Avant de la refermer, elle vérifia qu'elle n'était pas verrouillée. Elle ne voulait pas se retrouver coincée et en retard pour le petit-déjeuner ! La poignée tourna dans sa main et elle ferma la porte.

Elle chercha des yeux le banc dont sa professeure avait parlé, l'aperçut au loin et l'atteignit en quelques enjambées. Elle allait simplement s'asseoir et profiter du calme un moment. Elle ralentit sa respiration, mais garda les yeux ouverts pour apprécier la beauté luxuriante

123

des lieux. Elle inspira profondément et put sentir la rosée matinale sur l'herbe. Elle sentait une brise légère dans ses cheveux, et à mesure que le soleil se levait, il réchauffait sa peau. C'était le bonheur.

Elle essaya d'écouter le chant des oiseaux ou d'autres sons dans le silence, mais n'en entendit aucun. *Ont-ils oublié de créer des oiseaux?* Malgré le fait qu'elle savait que c'était un monde fabriqué de toutes pièces, Lola l'appréciait quand même. En y réfléchissant, elle se demanda quelle preuve elle avait que son propre monde était réel et celui-ci faux. Ses réflexions furent interrompues par l'abeille rose. Cependant, elle n'était pas seule, car une abeille bleue l'accompagnait. *Ce doit être la professeure Brambles.* Les abeilles firent un spectacle en tournoyant devant elle.

— Oui, je vous vois, je ne serai pas surprise! cria-t-elle pour que les abeilles comprennent.

Mais à peine l'avait-elle dit qu'elle le regrettait. Elle *fut* surprise quand l'abeille bleue se révéla n'être nul autre que Devlin! La professeure Elderberry se métamorphosa avec élégance et atterrit sur la pointe des pieds en pleine foulée. Devlin s'effondra au sol dans un bruit sourd.

— Devlin? dit Lola, déconcertée.

— Bonjour, Lola! N'est-ce pas une journée merveilleuse? dit-il, haletant, en se relevant et en époussetant son uniforme.

Lola réalisa qu'elle était impolie et se leva pour saluer sa professeure.

— Bonjour, Professeure. Vous aviez raison, c'est magnifique ici, dit Lola essayant toujours de comprendre comment Devlin avait pu être une abeille.

— Bonjour, Lola. J'avais le sentiment que tu apprécierais. Voudrais-tu venir faire un tour des jardins avec moi? demanda la professeure.

— En tant qu'abeille? couina Lola.

La professeure Elderberry rit.

— Une version miniature de toi avec des ailes serait plus exact. Mais tu peux faire semblant d'être une abeille si tu veux, répondit-elle.

— Tu dois essayer, Lola, c'est incroyable. Tu peux VOLER! dit Devlin pour l'encourager.

Puis à leur professeure, il demanda :

— Si elle y va, est-ce que je peux y retourner ?

Lola se mordit la lèvre et regarda sa montre.

— Nous ne serons pas partis plus de dix minutes. Largement assez de temps pour reprendre ton souffle et aller petit-déjeuner, dit la professeure.

— Y aura-t-il des effets secondaires ? demanda Lola avec une expression peinée.

— Tu as vu l'atterrissage de Devlin, c'est à peu près l'étendue des blessures auxquelles tu peux t'attendre. Reste près de moi et tout ira bien, dit-elle d'un ton rassurant.

— D'accord, alors, fut la réponse incertaine de Lola.

La professeure sortit une sorte de poudre de sa poche et la souffla sur Devlin qui disparut immédiatement dans un nuage, pour réapparaître sous forme d'abeille bleue. Elle se tourna vers Lola et fit une pause pour s'assurer qu'elle était toujours d'accord. Lola hocha la tête et dans un tourbillon de poussière dorée, elle se retrouva suspendue dans les airs. Il y eut une sensation étrange dans son estomac, comme si elle avait fait trop d'abdominaux. Elle disparut en un éclair et lorsqu'elle ouvrit les yeux, elle avait rétréci. Incapable d'apercevoir ses propres ailes, elle s'approcha de Devlin pour voir les siennes. Elles ressemblaient à des ailes d'abeille.

Attends. Est-ce que je viens de voler vers Devlin par instinct ? Elle souriait comme une idiote, tout comme Devlin. Comment savait-elle que c'était Devlin ? se demanda-t-elle, mais la réponse ne vint pas. La professeure apparut à côté d'eux et fit un son que Lola interpréta comme *Suivez-moi.*

Ils se dirigèrent vers les bois, près de la plateforme de méditation. La professeure Brambles était là, en train de méditer. Elle ne se retourna pas quand ils passèrent. Une fois dans les bois, Lola fut surprise de voir qu'il y avait amplement de lumière filtrant à travers les arbres, qui semblaient distants de plusieurs kilomètres... pour une abeille. La professeure les conduisit vers un petit lac bordé de fleurs sauvages que Lola ne pouvait nommer, mais reconnaissait de son manuel. Ils se posèrent sur une énorme fleur, qui ressemblait à un tournesol, mais était d'un rose vif. Le soleil brillait sur la fleur et ils se prélassèrent dans sa chaleur pendant un moment avant de repartir.

Il y avait un sentier au sol qu'ils suivirent. Pour eux, il ressemblait plus à une autoroute. Il les ramena hors des bois vers la porte du hall principal. En s'approchant, ils tournèrent à droite et volèrent près de l'école, jetant des coups d'œil dans les fenêtres au passage. Tout était énorme et défilait si vite qu'il était difficile d'y donner un sens. Au bout d'un moment, Lola arrêta d'essayer de comprendre quoi que ce soit et se concentra sur la joie de voler.

Elle se sentait si libre et légère alors qu'ils s'élevaient haut dans le ciel, faisaient des boucles, puis plongeaient à une vitesse vertigineuse. Lola aurait dû avoir peur de tomber ou de s'écraser, mais tout ce qu'elle ressentait était de l'exaltation. Elle vola à travers un buisson, et les feuilles la fouettèrent sans jamais la toucher alors qu'elle zigzaguait de gauche à droite, de haut en bas.

Le cœur serré, elle aperçut le banc devant elle et sut que c'était presque fini. En un clin d'œil, la professeure Elderberry, puis Devlin et enfin elle, étaient de retour sur la terre ferme. Pas étonnant que Devlin se soit écrasé au sol. Elle se sentait si lourde, comme si la gravité la punissait pour ses moments de légèreté. Devlin lui tendit la main et l'aida à se relever. Elle épousseta son uniforme et vérifia l'état de ses cheveux ; le chignon lâche tenait toujours.

— Qu'en as-tu pensé ? demanda Devlin avec enthousiasme.

— C'était la chose la plus incroyable que j'aie jamais faite ! dit Lola, le visage encore rayonnant d'excitation.

— Je suis contente que tu aies apprécié. C'est un avantage pour ceux qui viennent aider à la serre, dit-elle avec un clin d'œil.

— Merci beaucoup, mais je n'ai pas encore aidé à la serre, répondit Lola, se sentant un peu coupable.

— Le premier tour est gratuit. Le prochain te coûtera quelque chose, dit l'enseignante d'un ton effronté avant de faire demi-tour pour retourner à la serre.

Lola et Devlin la suivirent, conscients qu'il était temps d'aller prendre le petit-déjeuner. Lola remercia profusément sa professeure et promit de venir le lendemain matin pour aider, même s'ils n'allaient pas voler. La professeure les congédia d'un geste et leur dit qu'elle les verrait en quatrième période.

Sur le chemin de la salle à manger, Lola demanda à Devlin si c'était sa première fois.

— Non. Je suis venu la voir hier et elle m'a emmené au potager extérieur. J'ai même coupé les haricots verts qu'on a mangés hier soir ! dit-il avec enthousiasme.

— Et moi qui pensais que la nourriture apparaissait sur les plats par magie. Cela signifie qu'il y a des cuisiniers et d'autres membres du personnel qui se cachent. Mais je n'ai jamais vu que les serveurs et les professeurs, réfléchit Lola à voix haute.

— Les cuisines et les buanderies sont au sous-sol et il y a des escaliers secrets qui relient tous les étages, dit Devlin d'un ton factuel.

— Comment sais-tu tout ça ? demanda Lola, fascinée.

— J'ai demandé au directeur le premier jour, répondit-il.

— Tu es vraiment malin, toi. Moi, j'étais trop occupée à m'évanouir quand j'ai vu Sir Kravchuk. Il y avait une infirmière dans la pièce, mais je m'en souviens à peine. Je crois que la pièce était sous les escaliers ou quelque chose comme ça, mais c'est encore un peu flou, dit Lola alors qu'ils entraient dans la salle à manger.

Ils étaient les derniers à arriver. Lola se servit immédiatement une tasse de café et commença à raconter à tout le monde son expérience de vol en tant qu'abeille dans les bois. Ils la regardèrent tous, abasourdis.

— Vous avez tous déjà fait ça avant, non ? Genre, quand vous étiez enfants ? demanda-t-elle timidement.

— Non ! Je me souviendrais certainement d'avoir volé ! dit Sara.

Ils commencèrent tous à parler en même temps et à poser une multitude de questions. Lola était très contente d'avoir un scoop sur eux, mais elle s'effaça et laissa Devlin répondre aux questions puisque c'était sa découverte.

— La professeure Elderberry est nouvelle et n'enseigne qu'aux plus jeunes élèves. Nous devrions aller nous présenter, car elle sera notre professeure d'*herbologie pour la guérison* l'année prochaine, suggéra Lenora.

— Nous devrions aussi aller aider, dit James, en regardant Colin qui répondit :

— Mais ça voudrait dire se lever tôt !

L'expression d'horreur sur son visage était inestimable.

Lola rit avec tout le monde puis se leva pour aller chercher à manger. Aujourd'hui, elle essayait les chilaquiles — des tortillas de maïs recouvertes de salsa verte ou rouge avec des œufs brouillés et du bacon émietté par-dessus. Elle les garnit de fromage et de crème fraîche et ajouta un accompagnement de haricots comme elle avait vu certains autres élèves le faire.

Elle retourna à table et se mit à manger immédiatement. Elle ne fut pas déçue. Un autre moment de paradis pour ses papilles. Elle retourna chercher des churros et de la sauce au chocolat, qu'elle pensait être mexicains comme les chilaquiles, mais on lui dit que c'était en fait une spécialité espagnole.

Ils étaient aussi délicieux trempés dans le café ! Elle savourait encore son troisième churro, roulé dans la cannelle et le sucre cette fois, quand les lumières clignotèrent et qu'il fut temps d'aller en cours. Elle fourra le reste du churro dans sa bouche, lécha ses doigts et avala son café d'un trait, complètement inconsciente que tout le monde la regardait.

— Quoi ? J'en ai partout sur le visage ? demanda-t-elle, essuyant du sucre invisible autour de sa bouche.

— Tu es comme une enfant de cinq ans devant la table des desserts, dit Colin, secouant la tête avec un sourire narquois.

Quand il vit l'expression consternée de Lola, James intervint et dit :

— C'est adorable de te regarder manger.

Et sur ces mots, il passa son bras autour d'elle et ils se dirigèrent vers l'aile est pour la première période.

CHAPITRE 20
CRAMPES AUX MAINS

Les cours du matin passèrent à toute vitesse. Lola se demandait s'il existait un sort pour empêcher ses mains d'avoir des crampes à force de prendre tant de notes. Mieux encore, elle pensait que les notes devraient s'écrire toutes seules avec une plume magique comme celle de la journaliste dans Harry Potter. Mais elle devait admettre que les cours étaient fascinants. Et avec tout ce qui se passait, elle était très motivée pour apprendre les origines de la magie, comment lire le latin et quelles capacités magiques possédait chaque espèce.

Quand vint l'heure du cours d'*herbologie*, Lola avait hâte de voir la professeure Elderberry pour un vrai cours, car ils avaient été interrompus plusieurs fois cette semaine et ils devaient sûrement avoir du retard.

Elle les conduisit le long des allées de la serre, s'arrêtant à chaque plante et attendant qu'ils la trouvent dans leur livre et notent son emplacement. Les allées étaient numérotées et les plantes étaient marquées par des lettres. S'il y avait plus de vingt-six plantes dans une allée, les plantes suivantes étaient marquées aa, bb, cc et ainsi de suite.

Elle parlait brièvement de chaque plante, non seulement en réitérant les informations qu'ils avaient déjà dans leurs livres, mais en les enrichissant parfois d'une utilisation intéressante qu'ils notaient directement sur la page.

— Professeure, existe-t-il une plante ou une herbe pour les crampes musculaires ? demanda Lola.

— Il y en a plusieurs. Quels muscles ? Quel type de crampes ? demanda l'enseignante.

— Des crampes aux mains à force de prendre trop de notes en classe, répliqua Lola.

Puis elle ajouta rapidement :

— Dans les cours des autres professeurs, bien sûr, pas le vôtre.

Devlin rit, tout comme la professeure Elderberry.

— Il y a plusieurs options. As-tu consulté l'index à la fin du livre pour *crampes aux mains* ? demanda-t-elle.

Mais Devlin les avait déjà devancées et récita :

— Luzerne, camomille, valériane et gaulthérie.

— La luzerne, tu peux la manger, elle contient des niveaux élevés de magnésium qui aident contre les crampes. La camomille, tu peux la boire en tisane, ça t'aidera aussi à te détendre, ou tu peux frotter l'huile sur tes mains. La teinture de valériane est un léger sédatif qui détendra aussi les muscles tendus. Quant à l'huile de gaulthérie, mélangée à une huile de base, elle peut être massée sur la peau. Elle contient du salicylate de méthyle, qui soulage la douleur et stimule la circulation sanguine, expliqua-t-elle.

— Waouh, dit Lola, impressionnée.

C'est vraiment utile tout ça !

— Tu trouveras du thé à la camomille dans la salle commune et dans la cuisine des filles. Avant de partir, je vais mettre quelques gouttes d'huile dans ta main et tu pourras la masser en allant déjeuner, dit-elle avant de reprendre son exposé sur les plantes de l'allée principale.

Comme promis, elle mit quelques gouttes dans la main de Lola et les envoya déjeuner sans leur donner de devoir, mais leur demanda de venir tous les deux le lendemain matin pour rattraper le cours manqué la veille. Ils acceptèrent tous les deux et allèrent rejoindre leurs amis.

LE DÉJEUNER FUT un tourbillon d'activité après que le directeur Lianon eut annoncé qu'il y aurait un rassemblement vendredi soir. Le niveau sonore monta en flèche et Lola comprit que cette annonce devait être importante.

— C'est quoi un rassemblement? demanda Devlin, évitant à Lola d'avoir à poser ce qui devait être une question stupide.

— C'est une fête. Il y a de la musique, des en-cas, et les gens traînent ensemble, dit Lenora.

— Ça se passe généralement dehors et il y a un feu de camp avec des guimauves et des s'mores, ajouta Clara.

— Ils installent même une piste de danse et des guirlandes lumineuses, dit James en agitant ses doigts en l'air pour illustrer les lumières.

— Ça veut dire pas d'études pour vous deux. Présence obligatoire, intervint Sara.

Lola et Devlin rirent.

— Il n'y a aucune chance que je fasse mes devoirs un vendredi soir, peu importe à quel point ma vie sociale est nulle. Comptez sur moi! répondit Lola.

— Idem, ajouta Devlin en désignant Lola de son pouce.

Finalement, les plateaux du déjeuner furent apportés et Lola ne put s'empêcher d'applaudir avec excitation en voyant des piles de sandwichs grillés au fromage dans d'innombrables variantes : suisse, pepper jack, cheddar, gouda. Certains avec des tranches de pomme, d'autres avec du bacon, d'autres encore avec des poivrons grillés et des champignons qui dépassaient. Il y avait un grand chaudron de soupe à la tomate et un plateau rempli de chips à l'ancienne. Alors que tout le monde remplissait son assiette, Lola ne put s'empêcher de demander où était le plateau de desserts. Cela fit rire tout le monde, mais personne ne répondit. Elle commençait à faire la moue quand Sara mit fin à son supplice.

— Ça veut dire qu'on aura de la glace. Elle viendra plus tard. Ne t'inquiète pas, dit Sara en tapotant la tête de son amie comme elle le ferait avec un enfant.

Lola sourit et continua son repas.

— Qu'est-ce qu'on porte pour le rassemblement? Je n'ai pas apporté beaucoup de vêtements, je pensais qu'on serait en uniforme la plupart du temps, demanda Lola.

— La plupart des gens portent juste quelque chose de confortable, comme un jean et un t-shirt, ou une tenue décontractée, dit Colin.

— Ce n'est pas vraiment une question de vêtements. C'est plutôt l'occasion de se détendre et d'apprendre à connaître les autres élèves en dehors des cours, ajouta James.

Lola sourit, mais se fit une note mentale de passer en revue quelques options avec Sara à un moment donné.

Juste au moment où Lola commençait à se sentir repue, les plateaux de desserts arrivèrent. Ce n'était pas de la glace. C'était mieux. C'était un sorbet au citron fait maison avec un morceau de *pizzelle* en garniture. C'était sucré, acidulé et velouté. Mais il n'y avait pas de deuxième service. Lola soupira.

Bien trop vite, il fut l'heure de retourner en classe. Lola et Devlin se dirigèrent directement vers le cours de Lady Samsara, comme elle l'avait suggéré. Ils frappèrent à la porte et essayèrent la poignée, constatant qu'elle était ouverte. En prenant sa place, Lola se demandait quel tour intéressant ils allaient apprendre aujourd'hui. Lady Samsara glissa dans la salle de classe et les salua chaleureusement. Elle leur demanda s'ils avaient terminé leur lecture assignée et ils acquiescèrent tous les deux.

— Bien. Aujourd'hui, nous allons nous entraîner à nous concentrer sur des endroits précis et à voyager en toute sécurité avec une autre personne.

Ils passèrent en revue le manuel avant de passer à l'autre partition. Elle leur fit d'abord voyager vers des coordonnées sur le sol. Puis ouvrir une porte pour que l'autre passe. Quand cela se passa bien, elle ouvrit une porte et leur demanda de la suivre. Ils étaient dans la bibliothèque!

Devlin était complètement stupéfait. C'était son premier vrai voyage. Ils regardèrent autour d'eux pour trouver un repère sur lequel se concentrer. La paire de fauteuils dans le coin ferait parfaitement l'affaire. Lady Samsara les ramena dans la salle de classe et leur fit aller vers les fauteuils à tour de rôle.

Une fois cela maîtrisé, elle les fit apparaître dans quelques autres endroits de l'école, puis à l'extérieur, dans le parc. Ils s'entraînèrent à jeter un coup d'œil pour s'assurer que personne n'était aux alentours. Soudain, Devlin demanda s'ils pouvaient aller dans sa chambre au dortoir. Lady Samsara répondit qu'elle et Lola n'étaient pas autorisées dans le dortoir des garçons.

— De plus, les élèves ne devraient pas être dans leur chambre pendant les cours, sauf s'ils sont malades, ajouta-t-elle.

Quand ils ne trouvèrent plus d'endroits à visiter, ils retournèrent en classe. Comme il restait un peu de temps, Lola décida de poser quelques questions.

— Lady Samsara, le voyage et toutes les autres magies que nous pourrions être capables de faire doivent-ils être gardés secrets des autres ? demanda Lola.

— C'est une bonne question, Lola. C'est normal d'en discuter au sein de ta famille, car ils devraient tous être des voyageurs, qu'ils aient acquis des capacités magiques ou non. Si tu leur fais confiance, en discuter avec la famille élargie ou des amis proches est aussi acceptable. Cependant, cela ne devrait jamais être rendu public, photographié ou enregistré de quelque manière que ce soit. Pas parce que c'est un secret en soi, mais parce que nous ne sommes pas équipés pour gérer les inévitables retombées, avertit Lady Samsara.

— Merci. Tout cela est nouveau pour moi, pour nous deux en réalité. La différence, pour moi, c'est que j'ai voyagé avant d'arriver ici, tout comme ma tante, mais nous ne connaissions pas le manuel, ni la magie, ni rien d'autre. Donc nous allons avoir beaucoup de rattrapage à faire, dit Lola.

— N'hésitez pas à demander si vous avez d'autres questions ou préoccupations. Tous les deux, dit Lady Samsara en regardant Devlin.

Comme il n'y avait plus de questions, elle leur donna leur devoir et les congédia. Ils allèrent se changer, puis se retrouvèrent dans le hall principal et bavardèrent en attendant leur cours d'*arts martiaux*. Comme ils étaient prêts quelques minutes avant la sonnerie, ils étaient seuls et furent donc les seuls à voir une porte apparaître et Phyllis, de toutes les personnes, en sortir.

— Tante Phyllis! s'écria Lola en courant pour l'étreindre fermement.

— Lola, quel accueil! dit Phyllis en lui rendant son étreinte. Est-ce ainsi que tu accueilles tous les visiteurs de l'école? la taquina-t-elle.

Il y eut un bruit de pas derrière elles et Lola vit que c'était le directeur Lionan.

— Normalement, nous leur serrons chaleureusement la main et leur demandons s'ils veulent une tasse de thé, dit-il en prenant sa main et en l'éloignant avant que les autres élèves n'affluent dans le hall.

— Je suppose que je te verrai dimanche, dit Lola avec un soupir.

— Oui, ma chérie. J'ai hâte! dit Phyllis, en lui lançant un regard interrogateur et en désignant discrètement Devlin.

Lola articula silencieusement *Je t'expliquerai plus tard* et fit un signe d'au revoir.

— Alors c'était ta tante? dit Devlin maladroitement.

— Oui. Je suis désolée de ne pas avoir eu le temps de te présenter, dit Lola.

— Ce n'est pas grave. Tout s'est passé assez vite, dit-il.

Leur conversation fut noyée par le son de la cloche et le flot d'élèves qui envahit le hall. Lola alla se mettre en ligne avec les ceintures blanches et fit signe à ses amis.

La leçon du jour fut épuisante. Après une courte méditation, ils s'entraînèrent à se relever plusieurs fois jusqu'à ce que tout le monde maîtrise le mouvement. Puis le maître leur montra les cinq mouvements qu'ils allaient apprendre : la marche de l'ours, la roulade avant par-dessus l'épaule, la roulade arrière par-dessus l'épaule, les esquives de hanche et les chutes arrière contrôlées.

Ils travaillèrent sur ces mouvements pendant la majeure partie du cours. Lola transpirait et était essoufflée. Finalement, le maître leur demanda de retourner à leur place autour de la salle et de s'asseoir en tailleur.

Il expliqua que le but de ce cours n'était pas de faire de la compétition, de se battre, ou même de passer à la ceinture suivante. Si le Jiu-Jitsu était quelque chose qui les passionnait et qu'ils s'engageaient à maîtriser, il le leur enseignerait.

— L'objectif de ce cours est de vous mettre en forme, de vous rendre attentifs et de vous donner des outils pour vous protéger si vous vous trouvez dans une situation délicate, dit-il.

Il s'inclina et les congédia.

CHAPITRE 21

GARÇONS

C'était sans doute la meilleure douche que Lola ait jamais prise. Elle savait qu'elle aurait des courbatures le lendemain, mais l'eau chaude cascadant sur sa nuque et ses épaules lui ferait sûrement du bien. Elle devrait consulter le livre d'*herbologie* pour savoir quoi prendre contre les douleurs musculaires. Heureusement, le prochain cours d'*arts martiaux* n'était que vendredi. Elle ferait certainement quelques étirements supplémentaires avant d'aller se coucher ce soir.

Quand elle revint dans la chambre, Sara était déjà habillée et l'attendait. Elles n'avaient pas eu de vrai moment entre filles puisqu'elle passait ses soirées avec Devlin à la bibliothèque. Profitant de son attention, elle lui montra les quelques tenues qu'elle avait apportées de chez elle pour les moments de détente. Elle n'avait pas prévu de les porter en dehors de leur chambre, mais Sara lui dit qu'elles feraient parfaitement l'affaire pour la soirée.

— Au fait, tu connais un garçon qui s'appelle Tom ? Je crois qu'il a un an de moins que nous, demanda Lola en se cachant de son côté de la chambre pour enfiler son uniforme pour le dîner.

— Tom ? Le garçon très beau, mais très coquin aux longs cheveux noirs et aux yeux bleus de rêve? Ce Tom-là? demanda Sara en s'approchant du côté de la chambre de Lola.

Lola avait fini de s'habiller, mais elle rougit en voyant l'expression sur le visage de Sara et ses mains sur ses hanches, comme si Lola cachait quelque chose.

— Pourquoi tu demandes ça? dit Sara.

— Eh bien, il était à la bibliothèque il y a deux soirs et il nous a montré comment dupliquer nos notes. Il n'arrête pas de me faire des clins d'œil en cours. Je crois qu'il m'a invitée à sortir, dit Lola, incertaine.

— Et tu ne me le dis que maintenant? s'écria Sara. Et qu'est-ce que tu veux dire par tu *crois* qu'il t'a invitée à sortir?

— Eh bien, il m'a demandé si je voulais aller me promener avec lui un soir quand je ne serais pas trop occupée à réviser, répondit Lola.

— Et qu'est-ce que tu as répondu? demanda-t-elle.

— Rien de spécial, je lui ai demandé son nom et j'ai rougi, admit Lola.

— Et comment Devlin a réagi? interrogea Sara.

— Il avait l'air un peu jaloux, pour être honnête. Mais ce n'est pas comme si on sortait ensemble. On doit juste passer un temps fou ensemble à cause des cours et des révisions, dit Lola en ajustant sa cravate devant le miroir.

— Tu l'aimes bien? Devlin, je veux dire, demanda Sara en se faufilant pour se regarder dans le miroir. Il était presque l'heure de descendre dîner.

— Je suppose. Je veux dire, il est très gentil, on s'entend bien. Et il est magnifique, ne te méprends pas, mais je ne suis pas sûre de l'aimer *de cette façon*, dit Lola. Je n'ai pas vraiment beaucoup d'expérience avec les garçons à part Jackson, ajouta-t-elle, se sentant coupable pour une raison quelconque.

Sara lui demanda si elle était prête et elles quittèrent la chambre pour aller dîner.

— Eh bien, tu n'as probablement pas eu beaucoup de temps pour vraiment parler si vous êtes en cours toute la journée et que vous lisez toute la soirée, dit Sara tandis qu'elles marchaient dans le couloir.

— Exactement. J'ai à peine eu du temps avec *toi* et on est colocataires! s'exclama Lola.

— Ne t'inquiète pas pour ça, on pourra rattraper le temps perdu samedi. En attendant, à propos de Tom : il se comporte comme s'il était un grand séducteur, mais Lenora est amie avec sa sœur aînée. Elle n'est pas là cet été, mais tu la rencontreras à l'automne quand elle viendra à l'université. Bref, Lenora passe beaucoup de temps chez eux et, selon elle, c'est le garçon le plus doux qui soit. C'est pourquoi Lenora n'a aucun intérêt pour lui. Tu n'as rien à craindre. De toute façon, qu'est-ce qui pourrait arriver de pire ici sur le campus où on est surveillés en permanence et où la fraternisation est interdite? demanda Sara, avec un clin d'œil innocent.

En approchant des escaliers, Sara vérifia si Tom ou l'un de ses amis étaient dans les parages.

— Son anniversaire est en août, donc il a en fait le même âge que nous et il ira à l'école ici à l'automne parce qu'il est pressenti pour le poste de Gardien. Si les choses ne se concrétisent pas dans les prochaines semaines, tu auras tout le temps plus tard. De plus, il est sûr d'organiser une grande fête pour son anniversaire et tu pourrais bien être invitée, dit Sara avec espoir.

Elles approchaient de la porte de la salle à manger et Lola ne voulait pas en discuter devant Devlin, alors elle dit rapidement :

— Wow, merci pour ces infos. Je le verrai probablement au rassemblement vendredi. Peut-être qu'il m'abordera à nouveau. Quoi qu'il en soit, laissons tomber pour ne pas froisser les susceptibilités à table.

— Compris, dit Sara alors qu'elles se dirigeaient vers leur table et saluaient les garçons déjà assis.

Lola fit un effort pour sourire aux autres jeunes à leur table et se fit une note mentale de leur parler à la soirée de vendredi. Lenora et Clara arrivèrent juste avant les professeurs, il n'y eut donc pas le temps de bavarder avant que les lumières ne clignotent.

Il n'y avait pas d'annonces, les plateaux arrivèrent donc peu après. Colin fit sa meilleure imitation de serveur snob et décrivit le repas à la table, mais surtout pour Lola.

— Pour notre gastronome américaine, ce soir le chef présente un veau parmigiana, des fettuccine al pomodoro, des gressins à l'ail, et un tiramisu. Ma dame, puis-je avoir l'honneur de vous servir? demanda-t-il, la main tendue pour prendre son assiette.

Lola rit et lui tendit son assiette en disant :

— *Si, prego*!

Elle serait désormais connue comme la Gastronome. Comme d'habitude, la nourriture était délicieuse et elle savoura chaque bouchée. Colin et James parlaient de jouer à un jeu que Lola ne connaissait pas, après le dîner. Ils inclurent Lola et Devlin, mais tous deux voulaient s'en tenir à leur routine.

— Je ne connais pas le jeu, peut-être que vous pourriez me le montrer ce week-end? dit-elle à James.

— Ouais, bien sûr. Ne t'inquiète pas, dit-il.

— Alors, qui revient à l'école à l'automne? demanda Lola. Je suis un peu perdue sur le fonctionnement, ajouta-t-elle.

— Nous tous, dit James.

— Mais on n'a pas tous le même âge, objecta Lola, la confusion se lisant sur son visage.

— Les étudiants commencent leur premier été à l'âge de treize ans *avant* le début du programme d'été. Ils continuent généralement à y assister jusqu'à ce qu'ils obtiennent leur diplôme de lycée. S'ils choisissent d'aller dans une université normale, ils doivent alors y assister jusqu'à l'âge de dix-huit ans. Donc, en gros, c'est six étés. Cependant, toute personne de plus de seize ans qui hérite de la Garde et l'accepte est censée suivre des études à temps plein à L'académie. Ils termineront rapidement les crédits de lycée nécessaires, puis commenceront l'université. Sinon, les étudiants qui choisissent de fréquenter l'université ici, ou ceux qui sont censés hériter des fonctions de Garde plus tard, commenceront ici après avoir terminé leur enseignement secondaire ou leur lycée. Selon les pays et les dates de naissance, cela peut être n'importe quand entre dix-sept et dix-neuf ans, expliqua James.

— Attends, on peut refuser les fonctions de Garde? demanda Lola.

— Si tu as un frère ou une sœur consentant d'âge approprié, elle peut être transférée, dit James.

— Et si on n'a pas de frères et sœurs? demanda Devlin.

— Eh bien, cela signifierait que tu devrais aussi renoncer à ta clé et je ne connais personne qui veuille faire ça! dit Colin.

— D'accord, mais quelles sont les fonctions de Garde de toute façon? demanda Lola.

— On n'est pas censés le savoir avant d'y être. Il y a un cours que tu dois suivre, dit Lenora.

— Qui d'autre à part moi est concerné par la Garde? demanda Lola.

James leva la main.

— C'est tout? demanda Lola. Et toi? demanda-t-elle à Devlin.

— Je n'en ai vraiment aucune idée. C'est la première fois que j'en entends parler, dit-il d'un air inquiet. Mais si je suis le dernier de ma lignée, il serait logique que je sois aussi destiné à être Garde, ajouta-t-il.

— Ça suffit de parler d'âge adulte et de responsabilités, dit Clara. Parlons plutôt du rassemblement, ajouta-t-elle avec un grand sourire, essayant visiblement d'alléger l'ambiance.

Ils parlèrent de la fête et Lenora demanda si quelqu'un d'autre voulait se porter volontaire pour le comité avec elle et Clara. Elles militaient pour un thème hawaïen et disaient que ce serait très amusant. Elles avaient également demandé une extension du couvre-feu à minuit, mais c'était encore en cours d'examen. Pour l'instant, il était toujours prévu pour vingt-trois heures.

Les lumières baissèrent et les étudiants furent autorisés à quitter la salle à manger. Colin et James allèrent dans la salle commune. Les filles se dirigèrent vers le dortoir. Lenora et Clara avaient rendez-vous avec Sasha, une des filles de leur année, dans le salon des filles pour travailler sur les plans de la fête.

Sara dit qu'elle allait dans la chambre pour lire et Lola l'accompagna pour prendre sa sacoche.

— Sara, je sais que tu as dit que tu n'étais jamais sortie avec aucun des garçons ici à l'école, mais qu'en est-il chez toi? demanda Lola pendant qu'elle préparait ses affaires de son côté de la chambre.

Sara avait changé son uniforme scolaire et brossait ses cheveux devant le miroir. Elle regarda Lola à travers la glace et secoua la tête négativement.

— Rien de sérieux. J'ai eu un ou deux béguin, mais la plupart du temps on sort en groupe. Pourquoi tu demandes?

Lola mit sa sacoche sur son épaule et vint se tenir à côté de Sara.

— J'espérais te demander des conseils en matière de rencontres! dit Lola. Je dois y aller, profite bien du calme! dit-elle en sortant de la chambre.

— J'AIMERAIS MONTER un peu plus tôt ce soir, si ça ne te dérange pas, dit Lola quand elle et Devlin furent assis à leur table habituelle dans la bibliothèque. Ces deux dernières nuits, je suis rentrée après l'extinction des feux et je n'ai pas pu me brosser les dents et j'ai dû mettre mon pyjama dans le noir, dit-elle en riant.

— Ça devrait aller, on n'a pas de devoir d'*herbologie* et on a fini de lire le manuel d'*arts martiaux*, dit Devlin.

— C'est vrai, mais on doit trouver comment agrandir le mini manuel, dit Lola.

— Regardons dans le manuel de *magie*, suggéra Devlin.

Ils lisaient attentivement quand une ombre apparut au-dessus de l'épaule de Lola. Quand on parle du loup!

— Que faites-vous ce soir? demanda Tom, dirigeant son sourire éblouissant vers Lola.

Il était seul et Lola ne voyait pas si ses amis rôdaient dans les parages.

— On essaie de comprendre comment lire le manuel de *pleine conscience et méditation*, dit Lola, lui montrant le livre miniature dans sa main.

Il rit doucement à cela.

— Les bleus! Vous êtes dans le mauvais livre. Vous auriez dû vérifier votre livre de *latin*, dit-il.

Il tendit la main vers le manuel, se pressant très près de Lola, et le plaça devant elle. Le visage de Lola se réchauffa et elle s'efforça de ne pas virer au rouge vif. Il se pencha, feuilletant le livre jusqu'à ce qu'il

142

trouve la page qu'il voulait. Il plaça un doigt sous le sort et encouragea Lola à l'essayer. Elle se recula dans sa chaise pour regarder Devlin. Il fronçait les sourcils, mais lui dit d'essayer. Timidement, elle dit : « *Excresco.* » Rien ne se passa. Tom se pencha pour que son visage soit au même niveau que celui de Lola.

— Non, c'est *Excresco*. Les lettres « sc » doivent sonner comme « ch ».

Le livre éclata comme un grain de maïs, plana brièvement au-dessus de la table et atterrit, en taille normale, sur la table.

— C'est incroyable ! dit Lola en applaudissant joyeusement.

Devlin souffla, sortit son propre livre et le plaça sur la table. Il ferma les yeux, prit une profonde inspiration et répéta le mot : « *Excresco.* » Son livre fit la même chose.

— Bien joué, mon pote, dit Tom, lui tapant dans le dos en se relevant.

— Il suffit de parler latin pour faire de la magie ? demanda Lola.

Il sortit sa clé et l'agita devant eux avant de la remettre dans sa chemise.

— La clé est là où la magie opère. C'est un conducteur. Sans elle, rien ne se passerait, dit-il et commença à s'éloigner d'eux. Je dois y aller. C'était sympa de te revoir, dit-il, s'adressant manifestement à Lola.

— Merci encore pour ton aide. Je ne sais pas ce qu'on aurait fait sans toi ! dit Lola, immédiatement mortifiée d'agir de façon si troublée.

Et devant Devlin, qui plus est.

— Vous auriez trouvé, j'en suis sûr. Bonne nuit, dit-il, et il les laissa seuls.

— Bonne nuit, dit-elle à son dos.

— On devrait peut-être monter aussi. Je suis un peu fatigué, dit Devlin, quelque peu raide.

— Mais on n'a pas fini, dit Lola. On a encore un sujet à échanger, ajouta-t-elle.

— Que dirais-tu que je te donne mon cahier de *latin* et tu copies tes notes dedans. Donne-moi ton cahier d'*histoire* et je copierai mes notes dedans. Demain quand on aura une période libre, ou devrais-je dire la période d'étude de *magie*, on pourra les revoir ensemble, suggéra-t-il.

— D'accord, je suppose que ça marchera. Je devrais pouvoir me concentrer encore un peu dans la chambre, dit Lola en se levant et rassemblant ses affaires.

Elle se demandait si elle devait dire quelque chose. Mais Devlin ne lui avait pas dit qu'il l'aimait bien ni ne l'avait invitée à sortir. Si elle laissait entendre qu'il était jaloux alors qu'il n'avait pas de sentiments pour elle, elle passerait pour une idiote. Il était possible qu'il soit fatigué. Bon sang, elle était fatiguée. De cette façon, elle pourrait se laver le visage, se brosser les dents, mettre son pyjama et terminer le devoir de *latin* bien avant l'extinction des feux. Elle aurait même le temps de faire des étirements. Et puis elle se souvint de la tisane de camomille que la professeure Elderberry avait suggérée. Elle irait en prendre une tasse et la siroter en lisant ses chapitres de *latin*.

CHAPITRE 22
PROGRÈS

Lola et Devlin se retrouvèrent aux portes des dortoirs à six heures vingt le lendemain matin. Ils ne l'avaient pas prévu, mais il semblait qu'ils étaient en quelque sorte synchronisés. Ils se chuchotèrent « Bonjour », et partirent pour leur cours matinal d'*herbologie*.

En chemin, ils échangèrent leurs carnets et firent chacun un résumé sur les lectures de la veille. Quand ils arrivèrent dans la classe de la professeure Elderberry, elle les attendait.

— Bonjour, Lola, Devlin! dit-elle joyeusement. Commençons. Aujourd'hui, nous aurons un cours complet en bonne et due forme. Pas le temps de voler, j'en ai peur, poursuivit-elle.

— Ce n'est pas grave, Professeure, dit Lola, en sortant son manuel et un crayon.

— Où nous étions-nous arrêtés? demanda-t-elle.

— Nous avons terminé l'allée centrale, répondit Devlin.

Elle leur fit signe de la suivre et ils allèrent dans la deuxième allée à gauche. Celle-ci semblait avoir des plantes avec de petites baies. Une par une, elle leur parla de chaque plante, de ses soins et de ses utilisations, ainsi que de quelques anecdotes.

— Professeure, dit Lola entre deux plantes, cette semaine nous couvrons essentiellement l'*herbologie 1* et la semaine prochaine l'*herbologie 2*. C'est bien ça ? demanda-t-elle.

— Oui, ma chère, répondit-elle.

— Y aura-t-il un autre manuel ? Peut-être pourrions-nous commencer à le lire pendant le week-end, suggéra-t-elle.

— Que Dieu vous bénisse, vous êtes vraiment motivée ! dit-elle en riant. Ce ne sera pas nécessaire. Nous aimons que les étudiants se détendent pendant le week-end. Il y a bien un autre manuel, plus un livre de recettes en réalité. Nous travaillerons sur les teintures et les cataplasmes la semaine prochaine, continua-t-elle.

Comme Lola n'avait pas l'air convaincue, elle ajouta :

— Nous avons beaucoup de temps. Avec seulement deux étudiants, intelligents, bien élevés et disciplinés qui plus est, nous avançons vraiment rapidement dans la matière.

Ils couvrirent les deux allées de gauche et il était alors temps de prendre le petit-déjeuner.

CE JOUR-LÀ, Lola essaya le kedgeree : un plat fait de riz basmati, de haddock fumé, d'œufs durs, de petits pois et de curry. C'était apparemment un petit-déjeuner écossais classique bien que, comme on le lui dirait plus tard, il venait en réalité d'Inde et avait été ramené par les colons de retour à l'époque victorienne. Ça avait l'air bon et elle se sentait courageuse, même si elle n'était pas sûre de vouloir manger du poisson au petit-déjeuner.

Quand elle revint à la table, personne ne dit rien. Ça devait être plus courant en Europe qu'en Amérique, pensa-t-elle. Elle essaya et se félicita immédiatement d'avoir essayé quelque chose de nouveau. C'était absolument délicieux et rassasiant. Mais pas au point de ne pas retourner chercher quelques viennoiseries à tremper dans son café.

— Alors, comment s'est passée votre soirée jeux ? demanda Lola à Colin et James.

— C'était super. Nous avons réuni tout un groupe et nous étions tellement absorbés que nous avons failli dépasser le couvre-feu, dit James avec enthousiasme.

La cloche sonna et ils partirent pour leurs cours. Les garçons partirent ensemble, rejouant la partie de la veille. Les filles parlaient de la soirée, mais Lola était dans ses pensées.

Elle était heureuse d'avoir des cours semi-privés puisqu'il y avait tellement à couvrir, mais elle avait hâte de faire partie du groupe plus large. Ce qui était surprenant, car Lola avait toujours été solitaire. Elle traînait la plupart du temps avec Jane ou lisait dans un coin toute seule. En général, elle n'avait jamais eu l'impression de s'intégrer nulle part.

Mais c'était différent ici. Ils avaient tous quelque chose en commun, et tout le monde était si tolérant des différences des autres. Certes, elle était la seule Américaine de leur groupe et ils se moquaient de son appétit insatiable. Mais c'était des taquineries bienveillantes, le genre qu'on fait entre bons amis. Elle n'avait rencontré ces gens que quelques jours auparavant, mais ils l'avaient déjà acceptée comme l'une des leurs. Elle sourit pour elle-même à ce moment-là et Devlin lui demanda à quoi elle pensait.

— Quoi? Oh, salut. N'est-ce pas merveilleux d'être ici, et d'avoir de nouveaux amis formidables? s'exclama-t-elle.

— Oui, tu as raison. Je me sens très chanceux de faire partie de cette nouvelle famille. Surtout maintenant que je suis seul, dit-il en hochant la tête.

— Je suis vraiment désolée pour ça, dit Lola, en posant doucement sa main sur son bras.

— Merci, mais je dois avouer que c'est la chose la plus intéressante qui me soit jamais arrivée et je suis très content d'être ici aussi, dit-il en souriant.

Le Dr McClary les accueillit avec un quiz surprise. Celui-ci n'était pas chronométré, Dieu merci. Néanmoins, il y avait une saine compétition entre Lola et Devlin et ils semblaient donc faire la course pour terminer le test. Pendant que le professeur corrigeait leurs tests, il leur fit prendre des notes au tableau. Quand elle eut fini, Lola leva la main pour poser une question.

— Oui, Mademoiselle Evers, dit le professeur.

— Quand allons-nous apprendre les clés et les billes? demanda-t-elle.

— C'est à cela que sert l'*histoire des artéfacts magiques*. Nous y arriverons une fois que nous aurons couvert le contenu du cours précédent. À en juger par votre quiz, vous êtes tous les deux très assidus dans vos lectures, donc nous y arriverons assez vite, dit-il.

Et sur ce, ils passèrent au deuxième manuel sur la table : *Histoire des mondes magiques*. Il leur demanda de l'ouvrir à la page centrale qui contenait une carte. Il se déplaça vers le mur latéral de la salle de classe et déroula une carte similaire, beaucoup plus grande et plus détaillée.

— Certains mondes sont parallèles au monde des humains sur Terre. Les habitants vivent dans le même espace, mais sur un plan d'existence différent. Pour bien comprendre cela, il faut saisir ce que les philosophes disent depuis des millénaires. Il n'y a qu'Ici et Maintenant. Il n'y a ni temps ni espace. Donc tout ce que nous voyons dans notre monde n'est au final qu'une illusion. Une construction, si vous voulez, basée sur nos croyances et nos attentes. Ce qui signifie que nous tous, toutes les espèces et tous les êtres, vivons ici et maintenant en même temps. C'est pourquoi il est possible de voyager dans le temps et l'espace et comment plusieurs mondes peuvent occuper le même espace, expliqua-t-il, vérifiant s'ils suivaient avant de poursuivre.

— Cette carte a été créée pour les humains il y a plus d'un siècle afin de visualiser les mondes connus. Mais ils ne sont pas réellement situés à ces endroits physiques, dit-il.

— Vous avez probablement entendu parler de nombreux mondes magiques que vous allez découvrir dans ce manuel. Peut-être pas directement, mais dans des histoires, des légendes et des contes de fées. Les étudiants aiment généralement découvrir la vérité sur leurs personnages préférés. Veuillez lire les quatre premiers chapitres. Je vous verrai demain, conclut-il, juste au moment où la sonnerie retentit.

Dr Thompson les accueillit avec un sourire et s'exclama :

— Bienvenue au cours de *latin avancé*.

Ils prirent leurs places et saisirent le deuxième manuel sur la table.

— Le but de ce cours est de vous permettre de lire des textes anciens écrits en latin, ou dans d'autres langues mortes, qui seront plus faciles à déchiffrer avec une solide connaissance du latin. Vous constaterez que la plupart des grimoires sont écrits en latin. Regardons le message que j'ai écrit au tableau. Pouvez-vous le déchiffrer? Je vous donne quinze minutes. Vous pouvez travailler ensemble, dit-il avant de retourner dans son bureau.

Phèdre 1.24

Inops, potentem dum vult imitārī, perit.
in prātō quondam rāna conspexit bovem,
et tacta invidiā tantae magnitūdinis
rūgōsam inflāvit pellem. tum nātōs suōs
interrogāvit an bove esset lātior.
illī negārunt. rursus intendit cutem
maiōre nīsū, et similī quaesīvit modō,
quis maior esset. illī dixērunt «bovem».
novissimē indignāta, dum vult validius
inflāre sēsē, ruptō iacuit corpore.

Devlin se leva et vint s'asseoir à côté de Lola. Elle commença à lire le deuxième manuel qui expliquait la structure des phrases tandis qu'il utilisait le premier manuel pour traduire les mots un par un.

— Ça irait beaucoup plus vite avec Google Traduction! dit Lola.

Devlin rit et continua à travailler. Lola expliqua ce qu'elle avait lu, puis proposa de traduire certaines des phrases restantes. Quinze minutes passèrent, mais le professeur ne revint pas, alors ils continuèrent. Après trente minutes, ils avaient abouti à ceci:

Une personne pauvre, voulant imiter une personne puissante, se ruine. Dans un pré, une grenouille aperçut un jour une vache et, touchée par l'envie de sa grande taille, gonfla sa peau ridée. Puis elle demanda à ses enfants si elle était plus grande que la vache. Ils dirent que non. À nouveau, elle étira sa peau avec un plus grand effort, et demanda de la même manière qui était le plus grand. Ils dirent «La vache». Contrariée pour la dernière fois, en essayant de se gonfler plus puissamment, elle gisait là, le corps éclaté.

Lola se frappa le front et s'exclama:

— C'est pire que Google Traduction !

Devlin rit et dit que c'était suffisant pour en comprendre l'essentiel.

— Dr Thompson ? appela-t-il à voix haute. Nous avons terminé la traduction, dit-il.

Le professeur passa la tête par la porte de son bureau et demanda :

— Eh bien, qu'est-ce que cela signifie ? Avec vos propres mots.

Lola réfléchit un instant et répondit :

— Soyez toujours vous-même ?

— Très bien. Parcourez les trois premiers chapitres, mais ne faites que les exercices pairs. Vous pouvez partir, dit le professeur en retournant dans son bureau.

— C'était en fait amusant, dit Lola. Est-ce que c'est vraiment ringard d'admettre ça ? ajouta-t-elle.

— Non, j'ai apprécié aussi. J'ai hâte de lire des grimoires et d'écrire des sorts, bien que je suppose que seuls les sorcières et les sorciers font ça. Ce n'est toujours pas très clair ce que nous pouvons et ne pouvons pas faire, admit Devlin.

La sonnerie retentit et ils se dirigèrent vers la salle de classe de Sir Kravchuk. Il y avait dix dessins au tableau, chacun numéroté de 1 à 10. On aurait dit qu'il y avait aussi un contrôle surprise aujourd'hui.

Le professeur leur donna à chacun un morceau de parchemin et leur demanda d'identifier l'être, de fournir au moins trois caractéristiques distinctives, trois capacités et trois choses à surveiller. Il alla à son bureau, prit un livre et sa pipe et dit :

— Vous pouvez commencer.

Devlin et Lola se regardèrent en souriant. C'était un test facile pour eux et ils allaient faire la course. Cela leur prit environ vingt minutes, mais Devlin rendit sa feuille en premier. Lola voulait faire une dernière vérification pour s'assurer qu'elle n'avait pas fait de fautes d'orthographe. Sir Kravchuk jeta un coup d'œil rapide à leurs copies, les jugea acceptables et les déclara prêts pour le Niveau 2 — *Interagir avec les espèces magiques*.

— Vous trouverez le manuel sur la table. Cette partie du cours concerne entièrement l'étiquette. Tout comme vous apprendriez les coutumes internationales avant de visiter un nouveau pays, vous

150

apprendrez les coutumes des êtres vivant sur Terre parmi les humains et ceux vivant dans d'autres mondes, expliqua-t-il.

Il agita la main et tout sauf le nain fut effacé. De nouvelles notes apparurent autour du dessin.

— Bien qu'ils puissent paraître jovials, les nains sont des êtres très fiers. Ils s'énervent rapidement et peuvent garder rancune pendant très longtemps, commença le professeur.

Il poursuivit sa leçon sur les nains pour le reste du cours et leur donna leurs devoirs de lecture au moment où la sonnerie retentit.

Dans le cours d'*herbologie*, la professeure Elderberry leur annonça qu'ils auraient un test le lendemain et qu'ils étaient les bienvenus pour venir étudier et se promener dans la serre le matin s'ils le souhaitaient.

CHAPITRE 23
USUS EST MAGISTER OPTIMUS

Après le déjeuner, Lola et Devlin se rendirent au cours du professeur Thunderbolt pour récupérer leur devoir. En plus de leur lecture quotidienne, il leur donna une liste de sorts, en latin, à identifier et à pratiquer avant de les laisser partir.

Sur le chemin de la bibliothèque, ils étaient tous les deux très animés et impatients de commencer à lancer des sorts. Comme d'habitude, la bibliothèque était vide. La bibliothécaire, que Lola savait maintenant être une Haut Elfe âgée nommée Monara, leva les yeux de son livre et leur fit un signe de tête lorsqu'ils passèrent.

Ils prirent la liste des sorts et commencèrent par les traduire. Après le premier, ils réalisèrent que s'ils ne le prononçaient pas correctement, ils ne pourraient pas lancer le sort. Ils essayèrent chacun leur tour et mirent une étoile à côté de ceux qui avaient échoué pour pouvoir demander de l'aide à un professeur ou à l'un de leurs amis.

Le premier sort consistait à créer une fenêtre dans une porte de voyage pour qu'ils puissent regarder à l'extérieur au lieu de passer la tête à travers la porte. Ainsi, la porte restait invisible. *Malin*, pensa Lola. Quand ils essayèrent, ça ne marcha pas, mais ils se demandèrent si c'était parce qu'ils étaient dans la bibliothèque. Ils l'essaieraient dans la classe de Lady Samsara le lendemain.

Le suivant consistait à créer une petite sphère dans sa main pour éclairer son chemin dans l'obscurité.

— Pratique, dit Devlin en l'essayant et en s'émerveillant devant la sphère bleue pure qui apparut dans sa main.

Il y avait un sort pour allumer un feu, mais ils décidèrent de l'essayer lors du rassemblement le lendemain, et très certainement à l'extérieur.

— Regarde celui-ci, c'est celui pour se rendre invisible pendant quelques secondes, dit Lola avec enthousiasme en l'essayant.

Rien ne se passa, alors Devlin l'essaya avec une prononciation légèrement différente et ça marcha pour lui. Lola l'essaya à nouveau de la façon dont Devlin l'avait fait et elle disparut! Lola était si excitée qu'elle poussa un cri de joie, puis se tourna d'un air coupable vers la bibliothécaire et s'excusa. Ils le firent plusieurs fois pour pouvoir calculer combien de secondes cela durait. La moyenne était d'environ quinze secondes.

— Celui-ci fait apparaître un verre d'eau, dit Devlin, perplexe.

Celui-là les laissa perplexes, principalement parce qu'ils avaient peur de le faire dans la bibliothèque et décidèrent de l'essayer sur le chemin du cours de méditation.

Un autre sort délicat était celui pour s'abriter de la pluie. Il ne pleuvait jamais ici, donc c'était difficile à tester. Néanmoins, ils l'essayèrent juste pour voir ce qui se passerait.

— Tu vois quelque chose? demanda Devlin qui venait de réciter les mots.

— Il y a une sorte de miroitement au-dessus de ta tête. Attends, dit Lola.

Elle arracha une page de son carnet et la déchira en tout petits morceaux. Puis elle se leva et les jeta au-dessus de la tête de Devlin. Les morceaux tombèrent en cascade autour de lui, mais ne le touchèrent jamais.

— Incroyable! s'écria Devlin. À toi d'essayer! dit-il en ramassant les papiers sur le sol.

Lola prononça le sort et Devlin lança les papiers. *Ça a marché!* C'était comme si elle avait un parapluie invisible au-dessus de sa tête, qui s'étendait aussi comme une aura à quelques centimètres autour de son corps.

Le dernier sort les rendait silencieux. Ils le testèrent en frappant dans leurs mains. En moyenne, il durait environ trente secondes.

— Ce serait utile si tu devais te cacher dans un placard ou quelque chose comme ça, dit Lola en essayant de penser à d'autres utilisations. Je me demande si on peut rendre quelqu'un d'autre silencieux ! dit-elle, les yeux grands ouverts avec malice.

Ça ne fonctionna pas, mais ils pensèrent qu'il y aurait un moyen de l'adapter quand leur latin serait meilleur.

Ils décidèrent également que certains des sorts dureraient plus longtemps avec l'ajout d'un mot ou deux.

Quand la cloche sonna, ils rangèrent leurs affaires et se dirigèrent vers le hall principal. Lola avait hâte de passer une heure relaxante avec la professeure Brambles.

Alors qu'ils marchaient vers la plateforme, Devlin, qui marchait devant avec quelques garçons, revint en courant vers elle pour lui rappeler le sort du verre d'eau. Il mit sa main en coupe et prononça le sort. Sa main se remplit de juste assez d'eau pour boire sans déborder. Lola essaya et s'exclama que l'eau avait vraiment bon goût. Devlin sourit et marcha tranquillement à côté d'elle le reste du chemin.

Une fois qu'ils furent assis sur leurs tapis, la professeure lut une histoire zen.

Il était une fois un vieux fermier qui avait travaillé dans ses champs pendant de très nombreuses années. Un jour, son cheval s'enfuit. Ses voisins passèrent pour compatir avec lui. « Quelle malchance », dirent-ils avec sympathie, ce à quoi le fermier répondit simplement : « On verra ».

Le lendemain matin, à la surprise de tous, le cheval revint, ramenant avec lui trois autres chevaux sauvages.

— C'est incroyable ! s'exclamèrent-ils avec enthousiasme.

Le vieil homme répondit :

— On verra.

Le jour suivant, le fils du fermier essaya de monter l'un des chevaux sauvages. Il fut jeté à terre et se cassa la jambe. Une fois de plus, les voisins vinrent exprimer leurs sympathies pour ce coup du sort.

— On verra, dit poliment le fermier.

Le lendemain, le village reçut des visiteurs : des officiers militaires qui étaient venus dans le but de recruter de jeunes hommes dans l'armée. Ils ignorèrent le fils du fermier, grâce à sa jambe cassée. Les voisins tapotèrent le dos du fermier ; quelle chance il avait que son fils ne rejoigne pas l'armée !

— On verra, fut tout ce que dit le fermier.

— Méditons là-dessus et voyons ce qui en ressort, dit l'enseignante et la méditation commença.

Quand le temps fut écoulé, elle fit sonner une cloche. Elle les guida à travers quelques étirements puis demanda ce qu'ils pensaient que l'histoire signifiait.

— Rien n'est jamais bon ou mauvais. C'est juste ce que c'est, dit une fille à l'arrière que Lola ne pouvait pas voir.

L'enseignante hocha la tête et sourit.

— Bien, bien. Quelqu'un d'autre ? demanda-t-elle.

— Les choses finissent toujours par s'arranger pour nous, peu importe comment elles apparaissent initialement, dit le garçon juste à côté de Lola.

— En effet, dit l'enseignante puis elle interrogea un autre élève qui avait levé la main.

— Il ne faut pas tirer de conclusions hâtives avant d'avoir tous les faits, dit une voix masculine que Lola reconnut.

Elle osa se retourner et vit que c'était Tom. Il la regardait droit dans les yeux avec un sourire énigmatique.

— Bien joué, Tom. Comme vous pouvez le constater, il y a autant d'interprétations qu'il y a d'individus. Parce que chacun a sa propre expérience unique, ajouta-t-elle.

Elle écarta les bras et les leva en prenant une profonde inspiration. Puis elle les abaissa et les joignit au niveau du cœur en disant : « Namaste ».

Les étudiants firent de même et s'inclinèrent. Ensuite, tout le monde commença à ranger les coussins.

La professeure Brambles appela Lola et Devlin.

— Comment vous en sortez-vous avec le manuel ? s'enquit-elle.

— Bien, c'est très apaisant à lire, dit Lola.

— Oui, je l'apprécie aussi, répondit Devlin.

— Parfait, continuez à le lire et faites-moi savoir si vous avez des questions, dit-elle avant de disparaître d'un tour de doigt.

Ils repartirent en silence. En chemin, Devlin lui donna un coup de coude et demanda :

— Tu as soif?

Un grand sourire espiègle s'étalait sur son visage. Ils invoquèrent tous deux un verre d'eau et soupirèrent de contentement en retournant à l'école.

Lola se dirigea directement vers la douche, fredonnant pour elle-même et profitant de son état de béatitude. Dans le couloir, elle croisa Sara qui lui dit de ne pas l'attendre pour aller dîner, car elle était en retard.

Lola avait la chambre pour elle toute seule pour se changer et se détendre avant le dîner. Une fois habillée, elle s'assit sur son lit et savoura les premières minutes de temps libre qu'elle avait eues depuis quelques jours. Elle rêvassait à la façon dont elle pourrait utiliser les nouveaux sorts qu'elle avait appris. Elle avait hâte de le raconter à Phyllis et Jackson.

En pensant à Jackson, ses yeux s'ouvrirent brusquement. Elle devrait écrire une lettre à Phyllis pour lui dire si oui ou non Jackson pouvait venir en visite dimanche. Techniquement, il était comme de la famille, donc il n'y avait pas de vraie raison pour qu'il ne puisse pas venir avec Phyllis. Cependant, d'après Le manuel du voyageur, elle savait que voyager avec des non-voyageurs était un sujet délicat. Ils ne disaient pas que c'était impossible, mais ils laissaient entendre que les circonstances autorisées concernaient les conjoints et la famille élargie. Jackson ne rentrait dans aucune de ces catégories, pour l'instant.

La vraie question était de savoir si elle voulait qu'il vienne. Il lui manquait, c'était certain. Mais elle ne ressentait *pas* non plus son absence. C'était un tout nouveau monde ici à L'académie et elle réalisait que tout ce qu'elle pensait être vrai dans son ancienne vie ne l'était peut-être pas du tout. Comme l'idée qu'ils devaient se marier. Cela ressemblait plus à une règle typique des familles opulentes du Sud qu'à une règle des familles de voyageurs. Elle avait besoin de plus de temps pour comprendre les choses. Pour poser des questions. Pour obtenir des réponses.

Comme à point nommé, Sara revint de sa douche. Lola vérifia l'heure et se redressa. Elle fourra ses vêtements sales dans le sac à linge et décida de demander son avis à Sara.

— Tu penses que Jackson devrait venir en visite avec ma tante Phyllis dimanche? demanda-t-elle.

Sara répondit de l'autre côté de la bibliothèque qui leur servait de séparation.

— Oui, bien sûr qu'il devrait venir. Surtout pour que je puisse le voir de mes propres yeux et vérifier s'il est aussi beau que tu l'as décrit, dit-elle.

— Mais il n'est ni de la famille ni un conjoint, donc techniquement il ne devrait pas être autorisé à venir, répliqua Lola.

— S'il n'est pas autorisé, la porte ne le laissera pas passer. C'est aussi simple que ça, dit Sara en marchant vers l'endroit où Lola attendait, la main sur la porte. Laisse simplement les choses se faire et vois ce qui se passe, suggéra-t-elle.

— On dirait une excellente façon de ne pas avoir à prendre de décision. J'aime ça. Tu es prête? demanda Lola.

Sara acquiesça et elles partirent, marchant d'un pas vif et jetant leurs sacs de linge sale dans le conduit en passant.

CHAPITRE 24
L'AMITIÉ

Au dîner, une fois que les professeurs furent assis, les lumières clignotèrent et le directeur se dirigea vers le podium.

— Chers professeurs et élèves. Comme vous le savez, le comité social a travaillé très dur pour les festivités de demain soir. Voici quelques détails logistiques. La participation est obligatoire, sauf en cas de maladie. Cela vaut aussi pour le corps enseignant. Si vous êtes malade, vous devez rester dans votre chambre ou vos quartiers. Ainsi, tout le monde devrait être dehors à vingt heures trente. La tenue vestimentaire est décontractée. Vous n'êtes pas obligés de porter votre uniforme, mais vous pouvez le faire si vous le souhaitez. On m'a dit que le thème de cette semaine était hawaïen. Des boissons et des en-cas seront fournis et des toilettes extérieures seront mises à disposition. Les festivités se termineront à vingt-trois heures précises. L'extinction des feux aura lieu à vingt-trois heures trente, annonça-t-il.

Les élèves applaudirent et acclamèrent la prolongation du couvre-feu. Le directeur leva une main et les élèves se turent à nouveau.

— Samedi et dimanche, le petit-déjeuner buffet sera disponible de six heures trente à neuf heures trente pour ceux d'entre vous qui souhaitent faire la grasse matinée. Le dîner sera servi à l'heure habituelle. L'après-midi, des chaises longues et des parasols seront installés sur la pelouse sud pour ceux qui souhaitent prendre un bain de soleil. Des sports collectifs seront organisés sur la pelouse est et ceux qui recherchent le calme et la solitude pourront utiliser la plateforme de méditation sur la pelouse nord.

— Le déjeuner du samedi sera un barbecue en plein air, disponible sur la pelouse ouest de douze heures trente à quatorze heures trente. Dimanche, le déjeuner sera composé de paniers pique-nique à partager avec vos visiteurs. Les heures de visite sont de treize heures à seize heures. Un aperçu de ces événements sera affiché sur les portes de vos dortoirs. Profitez de votre repas du soir, conclut-il avant de se diriger vers son siège où il fit un signe de tête aux serveurs et les plateaux furent rapidement apportés.

— Comment savent-ils combien de visiteurs nous aurons pour préparer le panier pique-nique? demanda Lola.

— Une lettre est envoyée chez toi samedi matin et ta famille répondra, expliqua Sara.

Lola hocha la tête puis, sans réfléchir, se tourna vers Devlin.

— Devlin, voudrais-tu manger avec ma famille?

Devlin parut soulagé et dit immédiatement :

— Oui, j'adorerais ça. Merci de me le proposer.

Lola était ravie. Ce serait terrible de n'avoir aucun visiteur et de devoir manger seul.

Sara donna un coup de coude à Lola sous la table et chuchota :

— Et Jackson?

Lola fit un *O* avec sa bouche et regarda son amie avec une expression paniquée.

Sara lui tapota la main et murmura :

— On en parlera plus tard.

Lola n'eut pas le temps de s'inquiéter davantage, car une assiette de nourriture apparut devant elle. James avait pris son assiette et l'avait remplie de ce qu'il pensait qu'elle aimerait. Tout!

C'était une soirée marocaine. Il y avait un tajine de poulet aux amandes, abricots et olives, du couscous à la vapeur et une salade de betteraves rôties et de pissenlits. Elle n'était pas sûre de vouloir manger des pissenlits, mais ils étaient bons, bien qu'un peu amers. Pour le dessert, il y avait un gâteau aux dattes avec un sirop à la fleur d'oranger et, bien sûr, du thé à la menthe. Tout était délicieusement savoureux et nouveau. Et le thé était vraiment bon, fort et sucré.

— Tu sais que c'est du vrai thé, pas une tisane. Il y a plein de caféine dedans! dit Colin après qu'elle eut versé sa troisième tasse.

Lola s'arrêta sa tasse à mi-chemin de ses lèvres, puis haussa les épaules et but.

— De toute façon, on a beaucoup de révisions à faire, pas vrai, Devlin? dit-elle en lui donnant un coup de coude.

— Ouais, beaucoup, répondit-il en tendant la main vers le thé et en se versant une tasse supplémentaire.

La conversation tourna autour du rassemblement et de leurs plans pour le week-end. Comme la plupart de leurs amis avaient plusieurs frères et sœurs, certains ici à l'école et d'autres à la maison, ils savouraient la visite du dimanche et s'attendaient à du chaos et du chahut. Lola leur dit qu'elle n'attendait que sa tante Phyllis et peut-être Jackson, un ami proche de la famille.

À vingt heures, les lumières clignotèrent et les élèves furent autorisés à quitter la salle à manger. La plupart d'entre eux sortirent et se dirigèrent vers la salle commune ou vers leurs chambres.

Lola et Devlin souhaitèrent bonne nuit à leurs amis et partirent pour la bibliothèque. Ils avaient convenu d'apporter leurs livres au dîner pour éviter d'avoir à remonter dans leurs chambres.

En arrivant à la bibliothèque, Devlin regarda Lola et sembla vouloir dire quelque chose, mais parut hésitant.

— Qu'est-ce qu'il y a? J'ai des pissenlits entre les dents? dit-elle en se curant les dents avec un ongle.

— Non, ce n'est pas ça, dit Devlin, se détendant un peu.

— Alors quoi? demanda-t-elle.

— Jackson est le petit ami de ta tante? s'enquit-il.

Lola éclata de rire et dit :

— Non! Pourquoi tu demandes ça?

— Eh bien, tu as dit que c'était *un ami proche de la famille*. C'est généralement un euphémisme pour dire que c'est le petit ami de quelqu'un. Dois-je comprendre alors que c'est *ton* petit ami? dit-il, à peine plus fort qu'un murmure.

— Oh. Eh bien. Pas exactement, balbutia Lola. Elle ne savait pas du tout comment expliquer Jackson à Devlin.

— Vous sortez ensemble? demanda-t-il.

Lola se tortilla sur sa chaise. Elle savait qu'elle aurait dû en discuter d'abord avec Sara. Elle avait été tellement concentrée sur ce qu'elle allait dire à Jackson qu'elle n'avait pas du tout pensé à la réaction de Devlin. C'était peut-être la preuve qu'il avait des sentiments pour elle après tout. Elle devait être franche, mais douce, avec lui.

— Je veux dire, on ne s'est rencontrés que récemment. Jackson a dix-neuf ans, mais il travaille pour la famille Evers depuis que ses parents sont morts dans un incendie. Il s'occupe de la comptabilité et des investissements, mais il est aussi notre chauffeur et notre jardinier, expliqua-t-elle.

— Tu n'as pas répondu à la question, dit Devlin patiemment.

— C'est vrai. Eh bien, nos familles sont très traditionnelles et elles nous ont en quelque sorte fiancés sans qu'on le sache. C'est archaïque, je sais. Et nous n'avons pas l'intention de suivre la règle aveuglément. Mais nous passons du temps ensemble et, même si nous nous apprécions, il n'y a pas encore eu de véritable rendez-vous.

— Il t'a embrassée? demanda Devlin, d'un ton raide.

Lola rougit. Cela devenait un peu personnel et gênant. Mais si Devlin allait être un ami, elle devait le traiter comme tel.

— Surtout sur la joue et le front, éluda-t-elle, les joues rouges et embarrassée.

— Bien! Il est plus âgé et probablement plus expérimenté. Un gentleman ne devrait jamais profiter de son avantage sur une jeune demoiselle, dit-il, se détendant visiblement.

Lola était contente de ne pas avoir mentionné les deux vrais baisers qu'ils avaient échangés. Ni le fait qu'elle avait initié le deuxième. Devlin penserait sûrement qu'elle était une sorte de dévergondée.

— Tu parles comme Phyllis! s'esclaffa Lola en lui donnant une tape de la main.

— Lola, tu es une très jolie fille et tu ne sembles pas être consciente de l'attention que tu attires chez les garçons autour de toi. Ai-je raison de supposer que tu n'es jamais vraiment sortie avec quelqu'un? demanda-t-il.

Une fois de plus, Lola rougit et cacha son visage derrière ses mains.

— Pourquoi? C'est si évident que ça? demanda-t-elle.

— Pas du tout. C'est juste que contrairement aux autres filles de ton âge, tu sembles concentrée sur tes études et non sur le fait de flirter avec les garçons. Je suppose que tu n'as pas encore été mordue par le virus de l'engouement, dit-il. Ou peut-être que tu n'as pas encore rencontré ton véritable match, hasarda-t-il.

— Tu te prends pour qui? Dr Phil? dit Lola en utilisant l'humour pour détourner l'attention de sa vie amoureuse. Si tu as fini de m'analyser, on pourrait peut-être retourner à nos études? suggéra-t-elle légèrement.

— Oui, bien sûr. J'essaie juste d'avoir tous les faits. Tu es difficile à cerner, dit-il en ouvrant le nouveau manuel d'histoire. Je m'occupe de l'*histoire*. Tu feras le *latin*? demanda-t-il avec espoir.

Lola sourit et acquiesça, attrapant son manuel de *latin* et son cahier. Elle était contente qu'ils aient abandonné le sujet, mais ne savait pas trop où ils en étaient. Il n'avait toujours pas indiqué qu'il avait des sentiments pour elle. Elle attendrait de voir.

Ils firent leur récapitulation, dupliquèrent leurs notes, et passèrent aux *communautés magiques* et à l'*herbologie*. Une fois cela fait, ils convinrent de lire leur manuel de *pleine conscience* chacun de leur côté et de se retrouver à la serre le matin pour réviser leur test. Ils avaient terminé à vingt et une heures trente et Lola était satisfaite.

Alors qu'ils retournaient aux dortoirs, Devlin remarqua joyeusement :

— Hé! On a les trois prochaines soirées de libres!

— Oui, à moins qu'il n'y ait des devoirs pour le week-end. S'il y en a, tu veux qu'on se retrouve à la bibliothèque samedi matin après le petit-déjeuner? demanda Lola.

— Bien sûr, pas de problème, répondit-il. Puis il ajouta : « Bonne nuit, Lola ».

Elle lui fit un signe de la main depuis la porte du dortoir et descendit le couloir jusqu'à sa chambre. Elle avait hâte d'avoir un peu de temps libre.

Quand elle ouvrit la porte, Sara lisait au lit et marmonna un salut, manifestement absorbée par son livre. *Parfait*, pensa Lola. Elle se prépara pour la nuit, se glissa sous les couvertures et lut le chapitre suivant de son manuel de pleine conscience. C'était une lecture apaisante juste avant de dormir et une excellente façon de conclure une journée intéressante.

CHAPITRE 25
SAUTS D'ÉCOLE

Les cours du matin se déroulèrent sans encombre, tout comme l'interrogation d'*herbologie*. Lola avait toujours aimé l'école, mais elle appréciait particulièrement les cours qu'elle pouvait mettre en pratique. Elle trouvait amusant qu'elle utiliserait davantage ses cours de *magie, d'histoire* et de *latin* que ses cours de *maths avancées, de littérature anglaise* et de *sciences*.

L'ambiance était joyeuse au déjeuner. Il était évident que le week-end approchait à grands pas, car la plupart des élèves considéraient les cours de l'après-midi comme décontractés. Lola ne partageait pas cet avis concernant le cours d'*arts martiaux*. Celui-là était difficile ! Cela dit, il était probablement plus ardu pour une intello comme Lola que pour les sportifs. C'était une excellente façon de repousser ses limites.

En cours de *voyage*, Lady Samsara leur avait réservé une surprise. Ils allaient faire une sortie scolaire !

— Nous allons visiter une école de sorciers et sorcières, annonça-t-elle avec enthousiasme.

— C'est Poudlard ? s'écria Devlin, les yeux écarquillés d'excitation.

— C'est une école fictive ! Non, nous allons à l'Académie internationale des sciences magiques McTavish, en Écosse, répondit-elle.

— Pourquoi allons-nous là-bas ? demanda Lola.

— C'est un endroit sûr pour atterrir, pour ainsi dire. Ma sœur y travaille et elle me permet d'y amener des groupes d'élèves. Vous n'êtes que deux, mais quand j'emmène un groupe entier de douze à quinze élèves, ça paraîtrait étrange que nous apparaissions tous de nulle part, expliqua la professeure.

Lola et Devlin acquiescèrent. Cela avait du sens. Personne dans une école de magie ne serait surpris de voir des gens apparaître, disparaître, ou même faire de la magie.

— Avez-vous vos clés ? demanda-t-elle.

Ils les sortirent tous deux de sous leurs chemises.

— Si jamais nous venions à être séparés à un moment donné, sortez simplement votre clé, pensez à L'académie, et vous serez de retour dans le hall principal en un rien de temps, dit-elle.

Ils se dirigèrent vers le hall principal et Lady Samsara ouvrit la porte d'entrée principale. Mais lorsque Lola regarda à l'extérieur, ce n'était pas la disposition habituelle de leur école. Il y avait une fontaine devant eux. « Venez », dit la professeure, et ils sortirent. Elle ferma la porte derrière eux. Ils se retournèrent vers elle et elle dit : « Bienvenue en Écosse ! »

Derrière elle, ils virent une autre paire de portes en chêne. Il y avait une vieille sonnette à tirer et Devlin demanda s'il pouvait la tirer. Après quelques instants d'attente, la porte fut ouverte par un majordome en livrée. Lady Samsara sortit une carte de visite. Il ne la regarda pas, mais la glissa dans sa poche.

— Lady Samsara pour voir Lady Mathilda, annonça-t-elle d'un ton royal.

Le majordome s'inclina légèrement et leur fit signe d'entrer.

— Je crois que Lady Mathilda vous attend dans sa chambre, Lady Samsara. Avez-vous besoin d'une escorte ? demanda-t-il poliment.

— Non, merci, monsieur. Je connais le chemin, répondit-elle.

Il s'inclina à nouveau et ferma la porte.

— Venez, les enfants, dit leur professeure en marchant d'un pas décidé devant une grande statue de Sir McTavish et le long d'un couloir sombre et lugubre.

Cette école n'était pas aussi ensoleillée et accueillante que L'académie. Les murs semblaient être faits de pierre, comme ceux d'un très vieux château. Lady Samsara leur fit signe de la suivre tandis qu'elle glissait le long du couloir et s'arrêta devant une porte pour frapper. La porte portait une plaque sur laquelle était écrit *Lady Mathilda*. La porte s'ouvrit et Lady Samsara et Lady Mathilda s'exclamèrent à l'unisson : « Ma sœur ! » avant de se jeter dans les bras l'une de l'autre, s'étreignant fermement. Elles étaient identiques en tous points, sauf que Lady Mathilda portait une robe argentée encore plus magnifique et lumineuse que celle de leur professeure. Il semblait que les jumeaux étaient également une chose courante chez les Hauts Elfes.

— Mathilda, voici les élèves dont je t'ai parlé. Lola, Devlin, je vous présente ma sœur Lady Mathilda, dit leur professeure, rayonnante de fierté en présentant sa sœur.

Lola ne put s'en empêcher. Elle fit une révérence, baissa la tête et couina : « Madame ».

Suivant l'exemple de Lola, Devlin s'inclina à la taille, les deux mains jointes derrière le dos, et dit : « Madame ».

Lady Mathilda éclata de rire.

— Comme vous êtes adorables, les enfants !

Puis, regardant sa sœur, elle dit :

— Est-ce toi qui leur as dit de faire ça, Samsara ? Entrez donc !

Elle leur fit signe d'entrer dans ses appartements. La première pièce était son bureau et contenait un bureau, deux fauteuils et une grande armoire. Ils la suivirent plus loin, dans un salon ensoleillé où elle les invita à s'asseoir. Elle leur proposa du thé, mais ils déclinèrent poliment, venant tout juste de finir le déjeuner.

— Nous n'avons pas beaucoup de temps. Comme tu peux le voir, ces élèves sont un peu plus âgés que ceux que j'amène habituellement ici, dit leur professeure. Mathilda, que dirais-tu d'une petite sortie scolaire ? demanda-t-elle d'un air espiègle.

C'était étrange de voir Lady Samsara si excitée et animée. Elle était généralement calme et posée. Elle était absolument ravie à cette idée.

— Qu'as-tu en tête, Samsara ? répondit sa sœur en se frottant les mains d'anticipation.

— Nous pourrions faire voyager les enfants vers une destination dans ton école, et chacune en accompagner un, suggéra leur professeure.

— Comme c'est amusant! Oui, faisons cela! répondit Lady Mathilda.

— Et vous? Êtes-vous partants? demanda-t-elle à Devlin et Lola.

Ils haussèrent les épaules et acquiescèrent. Ils seraient sûrement en sécurité avec deux princesses Hauts Elfes à l'intérieur d'une école de magie, non?

— Très bien, je prends Lola, dit Samsara.

— Et moi, je prends Devlin, renchérit Mathilda.

— Retournons dans le couloir, dit Lady Mathilda en les ramenant à travers le bureau et hors de la porte.

— Je vais vous décrire un endroit. Fermez les yeux et essayez de l'imaginer. C'est une grande fontaine circulaire en grès sculpté. Elle fait environ six mètres de diamètre. Au centre se trouve une statue en albâtre. C'est un grand pommier. Il y a une jeune femme qui tend une pomme à quelqu'un. L'eau jaillit le long de l'arbre et coule des branches dans le bassin en dessous. L'eau est fraîche et claire, décrivit-elle d'une voix hypnotique. La voyez-vous dans votre esprit? demanda-t-elle.

Pendant qu'elle la décrivait, Lola et Devlin en eurent tous deux une vision claire. Cela ne venait pas de leur imagination. Elle l'avait envoyée dans leur esprit. Ils se regardèrent, les yeux écarquillés, et dirent qu'ils la voyaient.

— Bien. Lola, sors ta clé et emmène-nous là-bas, dit Lady Samsara.

— Fais de même, Devlin. On se retrouve là-bas! répondit Lady Mathilda.

Ils s'écartèrent pour avoir plus d'espace pour manœuvrer. Il n'y avait personne dans le couloir, alors Lola supposa qu'il devait être réservé aux membres du corps enseignant.

Lola sortit sa clé et ferma les yeux. L'image de la fontaine était là, juste devant elle. Elle mit la clé dans la serrure et ouvrit la porte. Elle jeta un coup d'œil, vit qu'il était sûr de sortir et passa à travers avec Lady Samsara. Elles fermèrent la porte et attendirent que Devlin arrive. En un instant, il était là avec Lady Mathilda.

— Où allons-nous ensuite ? demanda leur professeure.

Alors que Lady Mathilda réfléchissait à ses options, Lola demanda :

— Pourrions-nous visiter votre bibliothèque ?

— Absolument ! dit Mathilda.

— Oui. Cependant, connaissez-vous l'incantation pour créer une fenêtre pour regarder à travers votre porte ? demanda Samsara.

— Oui, nous l'avons apprise hier ! dit Devlin.

— Parfait. Maintenant, faites attention. La bibliothèque est une longue pièce. La partie centrale a des fenêtres de chaque côté et ne fait qu'un étage. C'est là que se trouvent les tables de travail. À l'avant de la bibliothèque se trouve le bureau du bibliothécaire et de petites salles qui contiennent des éditions restreintes ou précieuses. À l'arrière de la bibliothèque se trouve la collection régulière, sur deux niveaux, reliés par un étroit escalier circulaire en bois. Vous la voyez ? demanda-t-elle.

Ils acquiescèrent tous les deux.

— Allons-y alors !

— Retrouvons-nous près de l'escalier. Et n'oubliez pas la fenêtre pour ne pas blesser un usager de la bibliothèque en ouvrant votre porte, avertit leur professeure.

Tout se passa aussi bien la deuxième fois, et bien que Devlin et Lola s'amusaient, les sœurs semblaient vraiment s'amuser le plus. Il était évident que Lady Matilda était ravie d'être incluse. Ils ne croisèrent personne à la bibliothèque.

— Encore un ! Avons-nous le temps ? demanda Mathilda.

— Oui, un rapide, répondit Samsara.

— Devlin, où voudrais-tu aller ? demanda Mathilda.

— Y a-t-il une salle de musique ? demanda-t-il.

— Oui ! Bien qu'il puisse y avoir un cours en ce moment, donc la fenêtre sera encore importante, dit-elle.

— Mais cela ne va-t-il pas perturber la leçon ? demanda Lola.

— Si ! N'est-ce pas hilarant ? s'exclama joyeusement Mathilda. Le professeur, M. Spars, est tellement guindé. Ça fera bien rire les enfants. De plus, ils doivent s'habituer aux événements imprévus ! ricana-t-elle.

Elle ferma les yeux et se calma pour leur décrire la pièce. Quand elle demanda s'ils étaient prêts, ils avaient déjà tous les deux sorti leurs clés.

En regardant par la fenêtre, Lola put voir qu'il y avait effectivement un cours en cours. Les élèves jouaient ensemble comme un orchestre, dirigé par leur professeur, qui tournait le dos à Lola. Bien qu'il n'y ait pas d'obstacles apparents, Lola était réticente à ouvrir la porte et à entrer simplement dans leur salle de classe. Devlin, en revanche, était aussi joyeux que Mathilda et ils firent irruption en criant « Bonjour ! » au groupe d'enfants stupéfaits et à leur professeur mécontent.

— Allez, ma chère, le mal est fait, dit sa professeure, amusée.

Lola ouvrit la porte et elles franchirent le seuil de la classe. Les élèves applaudissaient comme si c'était le meilleur tour de magie qu'ils aient jamais vu. Lola était mortifiée et elle savait que son visage devait être cramoisi.

Devlin fit une révérence et fit semblant d'enlever un chapeau haut-de-forme. Lady Mathilda fit la révérence. Lola fit un signe de la main maladroit et Lady Samsara prit un moment pour aller voir le professeur de musique et s'excuser. Quand elle les rejoignit, elle annonça :

— Retour au hall !

À leur retour dans le hall, Lady Mathilda les accompagna jusqu'à la porte d'entrée. Elle serra la main de Lola et de Devlin.

— C'était un plaisir de vous rencontrer tous les deux, dit-elle.

Les sœurs s'embrassèrent et promirent de se revoir bientôt. Lola et Devlin remercièrent Lady Mathilda et suivirent leur professeure à travers la porte de retour à L'académie.

Alors qu'ils retournaient à la salle de classe pour récupérer leurs affaires, Lady Samsara leur demanda s'ils s'étaient amusés.

— C'était tellement amusant. Votre sœur est une vraie farceuse, n'est-ce pas ? dit Devlin.

— Oui, elle nous attirait toujours des ennuis. C'est pourquoi j'ai pensé qu'elle apprécierait l'activité. Elle ne participe pas habituellement, répondit-elle.

— À part faire irruption chez le pauvre M. Spars, c'était amusant, dit Lola, l'air coupable.

— Je suis contente que vous vous soyez amusés et j'espère que vous profiterez du week-end ! dit-elle alors que la cloche sonnait.

Ils la remercièrent et se dirigèrent vers le hall principal pour leur cours d'*arts martiaux*.

— Comment est ton cours ? demanda-t-elle à Devlin alors qu'ils se dirigeaient vers l'extérieur.

— C'est surtout du combat et l'apprentissage de nouveaux mouvements, dit-il.

— Quelle couleur de ceinture as-tu déjà ? demanda-t-elle.

— Bleue, dit-il.

Puis il ajouta : « À plus tard ! » alors qu'il allait se mettre en ligne avec son groupe.

Le maître leur fit faire des pompes, des abdominaux, des squats, des fentes, des tractions, avec des jumping jacks entre chaque exercice. Puis il révisa les mouvements de mercredi et les fit se mettre en binôme pour s'entraîner. Elle fut jumelée avec une grande fille de 14 ans nommée Lana qui était assez gentille, mais pas très bavarde. Juste au moment où les muscles de Lola commençaient à trembler, le maître les rappela dans le cercle et les guida à travers quelques étirements, puis une courte méditation respiratoire pour se détendre.

En retournant à l'école, elle entendit des bruits de pas de course derrière elle. Pensant que c'était Devlin ou l'un de la bande, elle s'arrêta et se retourna. C'était Tom !

— Hé, Lola ! dit-il, haletant à côté d'elle.

— Salut, Tom ! répondit-elle en reprenant sa marche.

— Je te verrai au rassemblement ? demanda-t-il.

— Oui, c'est obligatoire, répondit-elle d'un ton pince-sans-rire.

Il rit et se précipita pour lui ouvrir la porte. Alors qu'elle passait devant lui, il dit :

— Garde-moi une danse, tu veux bien ? et courut dans les escaliers vers son dortoir.

Il n'y avait pas le temps pour une réplique spirituelle, alors Lola dit simplement :

— D'accord, et le regarda entrer.

CHAPITRE 26

RASSEMBLEMENT

Lola fixait tristement les escaliers et reculait à l'idée de les gravir. Ses cuisses la brûlaient. *Où sont les gouttes de camomille quand on en a besoin?* Puis, sur une impulsion, elle se dirigea vers la serre en espérant que sa professeure aurait un remède pour elle. La professeure Elderberry lui donna une minuscule fiole au bouchon de liège à boire avant de dormir et promit de lui apprendre à en fabriquer la semaine suivante.

Elle la glissa dans sa poche et retourna dans le hall principal où elle décida de faire quelques étirements supplémentaires avant d'affronter les escaliers.

— Lola, comment s'est passé ton cours? demanda Devlin en entrant d'un pas décidé.

— C'était douloureux. Tu viens seulement de finir le tien?

— Je suis resté avec le professeur. J'avais des questions, dit-il.

— Ah, d'accord, répondit-elle.

— On devrait aller se doucher pour ne pas être en retard au dîner, suggéra-t-il.

— Vas-y, moi ça risque de me prendre un moment pour monter, répliqua Lola, s'agrippant à la rampe pour se hisser, une marche à la fois.

Devlin lui demanda si elle allait bien, et elle le renvoya d'un geste. Arrivé en haut des escaliers, il se retourna et la regarda.

— Hé, Lola ! cria-t-il.

Elle leva les yeux et attendit avec impatience.

— Les gars m'ont dit qu'il y aurait de la danse ce soir. Tu me réserves une danse ? demanda-t-il.

Qu'est-ce qu'ils ont tous ces garçons à demander à une fille de danser dans le hall avant la soirée ?

Une fois de plus, à court de mots, elle répondit : « Bien sûr », et continua lentement son chemin vers sa chambre.

— Tu arrives juste à temps, dit Sara, déjà habillée et assise à son bureau, les cheveux encore humides de sa douche.

— Je sais ! répondit Lola en attrapant ses affaires et en se précipitant hors de la chambre aussi vite qu'elle le pouvait.

Malgré l'heure tardive, elle ne pouvait pas se presser sous la douche. Cela faisait tellement de bien à ses muscles endoloris. Elle y resta aussi longtemps qu'elle osa, espérant que la pénalité pour arriver en retard au dîner ne soit pas de sauter le repas, car elle mourait de faim.

De retour dans la chambre, Sara était partie, alors elle s'habilla en vitesse. Elle courut presque dans le couloir désert, la douleur marquant son visage. Elle envisagea de descendre les escaliers sur les fesses, mais il n'y avait pas le temps pour ça, alors elle serra les dents et dévala les marches. Elle s'arrêta net devant la salle à manger pour reprendre son souffle et se recomposer. Les élèves bavardaient, donc avec un peu de chance, les professeurs n'étaient pas encore assis. Elle entra et soupira de soulagement. Vérifiant l'horloge au-dessus de la porte, elle indiquait cinq heures cinquante-huit. Elle marcha rapidement vers sa table et se laissa tomber sur sa chaise en exhalant.

— Je vous avais dit qu'elle ne manquerait jamais un repas, dit Colin avec un sourire.

— Ha, ha, répliqua Lola, peu amusée.

Alors que James était sur le point d'intervenir, son visage s'adoucit et elle dit :

— Je sais, il plaisantait. Et puis, il a raison. Je meurs de faim.

Ils rirent tous.

Le corps enseignant entra. Il n'y eut pas d'annonces et le repas fut servi sans tarder.

Dans l'esprit du thème de la soirée, on servait des plats traditionnels hawaïens. Il y avait du porc kalua, du poulet au riz long, des manapua à la vapeur et du saumon lomi lomi. Pour le dessert, des malasadas chauds — des boules de paradis frites et enrobées de sucre. Lola aima tout. Elle se demanda si l'école servait des plats du monde entier pour que les élèves de tous les pays puissent avoir un avant-goût de leur foyer de temps en temps, ou si c'était leur façon de les préparer aux délices culinaires qui les attendaient lors de leurs voyages.

Le rassemblement était le sujet brûlant. Il devait apparemment y avoir de la danse de salon — le genre dans lequel elle avait été terrible à Williamsburg — mais aussi de la danse ordinaire qu'ils pouvaient pratiquer en groupe. À son grand soulagement, Colin et James lui demandèrent aussi de leur réserver une danse. Maintenant, elle savait que c'était une chose courante de danser avec des amis. Elle ne savait pas pourquoi elle s'était inquiétée. Elle avait dansé avec beaucoup de garçons chez elle lors des événements sociaux auxquels elle avait assisté avec Phyllis. Cela dit, la plupart d'entre eux étaient des partenaires potentiels. Cela rendrait n'importe quelle fille nerveuse quand un garçon lui demandait de danser.

Elle avait hâte de voir Phyllis pour lui demander comment s'était passée sa rencontre avec le directeur. Aussi, elle se demandait quand le directeur les convoquerait à nouveau pour leur donner des nouvelles de ses enquêtes. Quelque chose se tramait, elle le sentait.

— Lola, tu es avec nous ? dit Sara.

— Quoi ? dit Lola en sursautant légèrement sur sa chaise.

— Tu étais à des kilomètres ! On t'a demandé ce que tu comptais faire demain après-midi, dit James.

— Euh... balbutia Lola.

— Rappelle-toi, il y a les sports collectifs, le bronzage au soleil et le temps calme, dit Colin en lui rappelant les options.

— Je pense que j'aimerais faire une sieste au soleil. J'ai beaucoup de livres à lire, mais je suis juste fatiguée de lire en ce moment. Et je serai encore courbaturée du cours d'*arts martiaux*, donc je suis à peu près sûre que je ne m'inscrirai pas aux sports, dit Lola en roulant des épaules.

— Super! C'est ce qu'on va faire aussi! dit Lenora.

— C'est dommage qu'il n'y ait pas de piscine. On aurait pu bronzer en bikini, bouda Clara.

— Je suis à peu près sûre que c'est POUR ÇA qu'il n'y a pas de piscine. En plus, je ne porte pas de bikini, répliqua Lola.

— Lola, combien de garçons t'ont demandé de danser jusqu'à présent? demanda Lenora.

— Colin, James, Devlin et Tom, répondit-elle sur un ton neutre.

— Tom? s'écria Lenora.

— Il est tellement beau, dit Clara rêveusement.

— Ouais, il la suit partout depuis une semaine, ajouta Sara.

— Il ne me suit pas partout! nia Lola, ses grands yeux fixant Sara. Et baisse la voix, il pourrait t'entendre! ajouta-t-elle nerveusement.

— En fait, si, dit Devlin qui avait écouté la conversation.

Lola se retourna pour regarder la table de Tom, mais il était plongé dans une conversation avec ses amis. Devlin devait parler du fait qu'il la suivait.

— Comment tu le saurais? demanda Lenora.

— On a été collés l'un à l'autre toute la semaine, tu te souviens? répondit Lola.

— Il fait un point d'honneur à venir à la bibliothèque quand on y est, dit Devlin.

— Tiens, tiens. Il n'a pas mis autant d'efforts à courtiser une fille depuis un moment, dit Lenora d'un air entendu.

Lola, mal à l'aise face à la tournure que prenait la conversation, essaya de changer de sujet.

— Quel genre de snacks vont-ils servir à la soirée? demanda-t-elle innocemment.

Tout le monde éclata de rire. Elle ne reçut jamais de réponse, car les lumières clignotèrent et il y eut presque une bousculade lorsque tout le monde retourna dans sa chambre pour se changer pour la soirée.

Lola mit ses vêtements de dîner sur le dossier de sa chaise pour les remettre demain. Après tout, elle ne les avait portés qu'une heure. Elle ouvrit son coffre et en sortit son jean, un t-shirt et ses Chucks. Elle se sentirait bien mieux avec ça qu'en pantalon de yoga et sweat à capuche. Elle porterait volontiers ces derniers dans sa chambre demain matin après le petit-déjeuner pour se détendre. Elle avait plus hâte de faire la grasse matinée et de prendre un petit-déjeuner tardif que d'aller à cette fête, pour être honnête.

— Tu es prête ? demanda Sara. Ou tu voulais faire quelque chose avec tes cheveux ?

Lola fronça les sourcils et se regarda dans le miroir. Ses cheveux étaient détachés et un peu sauvages, car elle n'avait pas eu le temps d'y faire quoi que ce soit après la douche. Elle alla chercher sa trousse de toilette et les coiffa. Une fois terminé, elle alla à la porte et demanda :

— Est-ce que je passe l'inspection maintenant ?

Sara hocha la tête et sourit d'un air penaud. Ses cheveux avaient été crêpés à l'extrême. Elle portait du maquillage et des boucles d'oreilles créoles. Lola se demanda comment elle pensait s'en tirer avec ça, mais elle ne dit rien.

Elles descendirent dans le hall et sortirent par la porte d'entrée. C'était une scène magique. Le chemin menant à la soirée était éclairé par des centaines de lanternes de jardin plantées de chaque côté. En s'approchant du site, elles virent une énorme structure avec un toit de chaume et quatre piliers pour le soutenir.

D'un côté se trouvait une table de rafraîchissements. Il y avait des boissons avec des parasols dans des ananas et des noix de coco, des brochettes de fruits grillés, un assortiment d'amuse-gueules, et encore plus de malasadas ! Le reste de l'espace devait être la piste de danse, car le sol était une plateforme en bois lisse. De la musique hawaïenne jouait déjà.

Elles furent accueillies par le comité d'organisation de la soirée et on leur passa des colliers de fleurs autour du cou. Le chemin continuait vers le feu de camp, déjà allumé. Il y avait une multitude de chaises Adirondack tout autour avec des tables tous les quelques sièges qui avaient des kits pour s'mores et des bâtons pour faire griller des guimauves.

Lola décida qu'elle pourrait renoncer à danser et se contenter de grignoter. Non pas qu'elle avait faim. Elle était encore rassasiée du dîner. Mais le feu était si hypnotisant qu'elle se dirigea droit vers lui et s'enfonça dans l'une des chaises. Elle soupira bruyamment et entendit quelqu'un ricaner à côté d'elle. Bien sûr, Tom était assis là.

— Oh, salut, désolée je ne t'avais pas vu. J'avais juste besoin de me détendre, balbutia-t-elle.

— Pas de souci. Tu as l'air fatiguée. Tu veux que j'aille te chercher une boisson? demanda-t-il en se levant rapidement.

— Euh, d'accord. Merci, répondit-elle.

— Noix de coco ou ananas? demanda-t-il.

— Surprends-moi! dit-elle.

Il partit et elle retourna à sa contemplation du feu. Il fut absent moins de cinq minutes, revint avec une boisson à la noix de coco pour elle, et trinqua avec la sienne.

— À ton premier rassemblement! dit-il.

— Merci! répondit-elle avec un sourire.

Il s'assit dans la chaise à côté de la sienne et ne dit rien au début. Lola goûta la boisson. C'était bon! Pêche, orange et noix de coco. Elle adorait aussi la petite brochette avec des cerises au marasquin. C'étaient ses préférées. Elle était consciente que Tom l'étudiait et cela la mettait mal à l'aise. Pourquoi était-elle si maladroite avec les garçons? Pour les distraire tous les deux, elle dit :

— Alors, Tom, parle-moi de toi.

Ce qu'elle regretta immédiatement, car cela sonnait comme l'un de ces entretiens d'embauche en ligne.

Il ne sembla pas rebuté par cela et répondit rapidement :

— Que veux-tu savoir?

— N'importe quoi. Tout. Tu décides, dit-elle en se réprimandant pour avoir l'air beaucoup trop enthousiaste.

Néanmoins, il ne fit aucune remarque désobligeante à ce sujet. Il prit une minute pour rassembler ses pensées puis se tourna vers elle et commença à parler.

— J'ai quinze ans, mais c'est bientôt mon anniversaire donc on a le même âge. J'ai une sœur aînée ; tu la rencontreras à l'automne. Elle s'appelle Tabitha et elle a dix-huit ans. Tu as peut-être entendu parler d'elle ; elle est amie avec Lenora. Je terminerai le lycée ici à l'automne parce que je reprendrai les fonctions de Gardien dès que possible puisque notre père est décédé en avril dernier, expliqua-t-il.

Lola avait écouté en hochant la tête. Mais à ces mots, elle dit :

— Je suis vraiment désolée. Est-ce qu'il était malade ?

— Oui, il avait un cancer et il se battait depuis très longtemps. Tu peux imaginer que nous étions tous soulagés quand il est mort. Il est en paix maintenant, mais il me manquera pour toujours, précisa-t-il.

— Wow, mes deux parents sont morts d'un cancer. Ma mère est décédée en mai et mon père est mort quand j'avais deux ans, dit-elle.

Les yeux de Tom s'écarquillèrent.

— Je suis tellement désolé, Lola ! bégaya-t-il.

— On pourrait peut-être passer les parties tristes et en venir aux parties amusantes ? suggéra-t-elle, les yeux embués, essayant de refouler ses larmes avant qu'elles ne coulent.

C'était une fête ; elle devait se ressaisir.

— D'accord ! dit-il rapidement. Tu veux faire griller des guimauves ? C'est amusant, et délicieux ! dit-il avec enthousiasme, en lui tendant le bol.

— Ce serait super ! répondit-elle en souriant malgré elle.

Il se leva pour aller chercher des bâtons. Quand il revint, il avait mis deux guimauves dans ses orbites et fit semblant de se cogner contre sa chaise. Elle éclata de rire.

— Enlève-les avant de tomber dans le feu et qu'on te fasse griller pour le déjeuner de demain, le gronda-t-elle, toujours en gloussant.

Il semblait content de l'avoir fait rire. Il lui donna un bâton et elle tendit le bol vers lui. Elle en prit deux pour elle-même et les glissa sur le bâton, dos à dos.

— Evers, j'aime ton style, dit-il en faisant de même.

CHAPITRE 27
LA DANSE

Lola et Tom s'étaient lancés dans une conversation sur leurs familles respectives et leurs aspirations générales tout en faisant griller et en mangeant des guimauves. Tom était drôle et Lola se détendait peu à peu. Ce n'était pas si mal, pensait-elle. *On est juste en train de traîner.* Comme avec Jane. Ou Jackson. Ce n'est pas parce qu'un garçon est beau qu'ils ne peuvent pas passer du temps ensemble et être amis. C'était absurde d'être si nerveuse et sans voix face aux garçons. On aurait dit qu'elle avait passé toute sa vie dans un couvent. Elle devait juste apprendre à se détendre et à être elle-même.

Elle entendit la musique changer pour des morceaux classiques et se crispa. Quelqu'un allait sûrement venir l'inviter à danser. Mais il fallait d'abord la trouver. Tom lui parlait des voyages qu'il faisait chaque été avec sa famille. L'été dernier, ils étaient allés en Égypte. Il avait adoré les paysages désertiques et les pyramides. Alexandrie et Istanbul avaient été ses villes préférées.

— Je n'ai pas encore vraiment voyagé. J'ai hâte. Ma tante le fait presque tous les jours, mais je ne sais pas où elle va. Je sais qu'elle aime Florence en Italie, et elle a ce petit ami russe dont elle vient juste d'apprendre qu'il était aussi un voyageur. C'est une longue histoire. Je vais lui suggérer qu'on voyage ensemble comme toi et ta famille. Je suis sûre qu'elle aimerait ça, dit Lola.

Tom hocha la tête.

Il y eut un silence dans la conversation, tous deux fixant le feu. Au bout d'un moment, Tom la regarda et demanda :

— Lola, tu viendras à ma fête d'anniversaire ? Il y aura beaucoup de gens de l'école. En fait, la plupart de tes amis seront là.

— Je devrai demander à ma tante. Tu habites à Cork, c'est ça ? demanda-t-elle.

— Oui. Ta tante vient dimanche ? Je pourrais me présenter pour qu'elle ait une idée de qui je suis quand tu lui demanderas, suggéra-t-il.

— Euh, ouais, d'accord. On peut faire ça, dit Lola.

Il pencha la tête et se tourna vers la cabane de danse. Souriant, il se leva et lui tendit la main.

— Je crois que tu me dois une danse, dit-il en s'inclinant.

Lola gémit.

— Je suis une très mauvaise danseuse, geignit-elle.

— C'est totalement hors de propos. C'est l'homme qui mène et je suis un excellent danseur. Si je n'arrive pas à nous faire bien paraître sur la piste de danse, je ne serai pas à la hauteur de ma réputation, s'exclama-t-il.

— Très bien, répondit-elle en mettant sa main dans la sienne. Il la tira pour la relever et l'entraîna sur le chemin.

La piste de danse était déjà très bondée. La danse semblait être très populaire. Même les professeurs étaient sur la piste. Tout le monde sauf Lola savait danser. Est-ce qu'ils l'apprenaient à l'école ? Est-ce que leurs parents leur enseignaient ? Elle commençait à s'inquiéter et à se mordre la lèvre.

— Lola ! dit Tom d'un ton vif et ses yeux se tournèrent vers les siens. Arrête quelle que soit la pensée qui te traversait l'esprit. La danse, c'est amusant. Allez, je m'occupe de toi, dit-il d'un ton rassurant.

Ils prirent position sur le périmètre extérieur. Elle plaça une main dans la sienne et l'autre sur son épaule. Quand elle vérifia ses pieds, il lui releva le menton d'un doigt et claqua la langue.

— Les yeux ici, dit-il en montrant ses yeux. Et respire, Lola.

La musique commença et ils se mirent à bouger. Tom s'avéra être un bon danseur. Il la guidait d'une main ferme autour de sa taille et d'une légère traction de sa main. Le rythme s'accélérait et l'élan les emportait. C'était une sorte de gigue. Et il y avait des tours. Bientôt, Lola riait, la tête en arrière, comme si elle était sur un manège. La *danse est amusante*, pensa-t-elle.

Quand la musique s'arrêta, Lola était euphorique et essoufflée. Mais elle voulait continuer à danser. Au regard interrogateur de Tom, elle sourit et hocha la tête. Ils étaient prêts pour la chanson suivante quand James vint la réclamer pour une danse. Tom la lui céda et s'inclina devant James.

James était aussi un excellent danseur, bien qu'un peu plus formel. Il lui demanda comment les choses se passaient avec Tom et elle répondit que tout allait bien. Puis, il fit des remarques amusantes sur les autres couples qui dansaient et Lola se tordit de rire. Beaucoup de leurs professeurs dansaient ensemble, et semblaient bien s'amuser. Quand la chanson se termina, elle était pliée en deux, essayant de retrouver son calme.

Quand elle se redressa, Colin était là à l'attendre. Encore des révérences. Elle fit un signe de la main à James tandis que Colin l'emmenait et lui envoya un baiser. Il rit. Colin n'était pas amusé.

— Tu essaies de me voler mon petit ami ? demanda-t-il, le visage impassible.

Lola reprit son sérieux et dit immédiatement :

— Non ! Absolument pas ! Je suis vraiment désolée.

Colin éclata de rire.

— Je te taquine juste, dit-il avant de lui saisir la taille et la main pour les lancer dans une valse rapide.

Il guidait de manière plus souple que ses deux précédents partenaires de danse et les pas arrivaient plus vite. Elle avait peur de trébucher et de s'écraser au milieu de la piste de danse. Voyant son inquiétude, il resserra sa prise sur sa taille et lui fit un clin d'œil. « Tu as besoin d'une main ferme, ma jolie », dit-il avec un terrible accent de l'Ouest. Lola éclata de rire et se détendit pour le reste de la danse. À la fin, elle était un peu étourdie et espérait que personne ne viendrait la réclamer tout de suite.

Colin la remercia pour la danse et passa à sa partenaire suivante, Sara. Lola s'éloigna de la piste de danse et se retrouva nez à nez avec Devlin, qui tenait deux verres d'ananas.

— J'ai pensé que tu aurais soif, dit-il en lui en tendant un.

— Oh, comme c'est attentionné. Merci, répondit-elle en prenant une gorgée.

Ça avait le goût de punch hawaïen !

— Tu veux faire une promenade avec moi ? demanda-t-il en indiquant le chemin éclairé aux flambeaux.

— D'accord, montre-moi le chemin ! dit-elle en riant de sa propre blague.

— Qu'est-ce qui est si drôle ? demanda-t-il.

— Eh bien, j'ai dansé et les garçons n'arrêtent pas de dire qu'ils doivent me guider... répondit-elle.

Ça sonnait nul maintenant, même à ses propres oreilles.

Devlin rit légèrement et prit sa main libre, qu'il passa dans son bras pour la poser sur son avant-bras. C'était une façon très formelle de marcher. Ou peut-être que ça s'appelait flâner. Et elle avait l'impression qu'elle aurait dû porter une robe de bal au lieu d'un jean et des Chucks.

— Hé, on n'a pas de devoirs pour le week-end. Donc, je vais rester dans ma chambre et me détendre, dit-elle brisant le silence.

— D'accord, super. Je vais jouer à un jeu de stratégie avec les gars, répondit-il.

Il lui expliquait les règles du jeu tandis qu'ils retournaient vers la piste de danse, mais Lola n'y prêtait pas vraiment attention. Elle pensait encore à Tom. Devlin lui demanda si elle avait fini son verre, puis prit les deux ananas vides et les posa sur le monte-plats. Ensuite, il se tourna vers Lola, la main tendue, et dit :

— Et si on dansait maintenant ?

Elle prit sa main et il la conduisit sur la piste. C'était une danse plus lente et Devlin était un danseur sérieux, bien que très gracieux. Elle se rappela qu'il lui avait dit avoir pris des cours étant enfant. Il la regardait d'une façon étrange.

— Il y a un problème? demanda-t-elle tandis qu'il la guidait habilement à travers la salle.

— J'ai une question délicate à te poser, dit-il avec une expression peinée.

Ça y est, pensa-t-elle.

— Vas-y, demande-moi ce que tu veux, dit-elle, feignant une attitude décontractée.

— C'est à propos de Sara, commença-t-il.

— Sara? Qu'est-ce qui ne va pas avec Sara? demanda-t-elle, inquiète maintenant que quelque chose soit arrivé à son amie et regardant autour d'elle pour voir si elle était dans les parages.

Elle trébucha, mais il la remit dans le rythme.

— Il n'y a rien qui ne va pas avec Sara. Ne t'inquiète pas, dit-il d'un ton apaisant.

— Eh bien, crache le morceau alors, dit-elle, un peu trop sèchement.

— Est-ce qu'elle sort avec quelqu'un? lâcha-t-il.

Lola se détendit et commença à rire de soulagement. Non seulement il n'y avait rien de mal avec Sara, mais Devlin ne l'aimait pas *elle*. Il aimait Sara!

— Non, pas en ce moment. Pourquoi tu demandes? interrogea-t-elle innocemment.

— Je l'aime bien et j'aimerais l'inviter à sortir, dit-il. Tu penses qu'elle m'aime bien? demanda-t-il.

— Tout le monde t'aime bien, Devlin! dit Lola.

C'était le mieux qu'elle puisse trouver. Elle et Sara n'avaient parlé de Devlin qu'en ce qui la concernait, pas Sara. Cela dit, si Sara pensait qu'il y avait quelque chose entre Lola et Devlin, elle n'aurait peut-être pas été franche sur ses sentiments pour lui.

— Ce n'est pas ce que je demande, dit-il, peiné.

— Je sais. La vérité, c'est que je ne sais pas. Elle pensait que tu m'aimais *moi*, expliqua Lola.

Il fit un *O* avec sa bouche et fronça les sourcils.

— C'est ce que tu pensais aussi? demanda-t-il doucement.

— Euh, un peu, dit-elle, les joues rougissantes.

— Lola, je suis vraiment désolé. Je t'aime bien, mais comme une bonne amie, se hâta-t-il de dire.

— Ne t'inquiète pas! Je ressens la même chose et je suis très soulagée que tu n'aies pas de sentiments pour moi! Ça devenait gênant, dit-elle, posant légèrement sa tête sur sa poitrine de soulagement.

Ils rirent tous les deux et Lola lui demanda s'il avait déjà dansé avec Sara. Comme ce n'était pas le cas, elle lui suggéra d'aller se promener avec elle après et de simplement l'inviter à sortir. Le pire qui puisse arriver serait qu'elle dise non.

— C'est un plan splendide! dit-il avec gratitude.

— Mais Devlin, pourquoi étais-tu si contrarié quand Tom apparaissait sans cesse? demanda-t-elle.

— Je ne fais pas confiance à ses intentions. Il a l'air d'un coureur de jupons et je ne pense pas qu'il soit fait pour toi, dit-il en la serrant un peu plus près, de façon protectrice.

— C'est très gentil. Mais Lenora s'est portée garante pour lui. Et puis, on a juste dansé et parlé. Il comprendra assez vite quel genre de fille je suis, dit-elle.

Il sembla apaisé.

— Rappelle-moi de te donner mon avis sur ce Jackson aussi, dit-il.

Lola acquiesça et se demanda avec ironie si Devlin ne serait pas une meilleure source de conseils en matière de rencontres que n'importe laquelle des filles.

La danse prit fin et Tom était là pour la réclamer à nouveau. Elle était heureuse de le voir et s'installa confortablement dans ses bras. Contrairement à Devlin, il n'était pas si grand qu'elle ne puisse voir ses yeux pendant qu'ils dansaient. Il avait un beau sourire, et il souriait la plupart du temps. Il était charmant et drôle et Lola pouvait sentir qu'elle tombait de plus en plus amoureuse de lui.

Quand la danse se termina, le directeur annonça que c'était la dernière danse formelle de la soirée. Une sélection plus contemporaine commencerait après une pause de quinze minutes.

Lola et Tom se dirigèrent vers la table des rafraîchissements. Maintenant qu'ils avaient travaillé leur appétit, Lola remplit joyeusement son assiette. Tom se contenta de lui sourire et glissa une mèche de ses cheveux derrière son oreille. Lola rougit et demanda :

— Tu ne manges pas ? Ou tu vas me laisser manger toute seule ?

Il rit, prit une assiette et la remplit deux fois plus que celle de Lola. Enfin, un vrai amateur de nourriture !

La piste de danse était bondée et l'ambiance devenait bruyante près du feu, alors Tom suggéra qu'ils aillent s'asseoir sur un banc le long d'un des chemins non éclairés. Ce n'était pas complètement sombre, car il était illuminé par un lampadaire pas trop loin. Lola acquiesça. Ils prirent un verre et se dirigèrent vers le banc.

Ils mangèrent et parlèrent facilement pendant un moment. Quand la musique reprit, Tom demanda si Lola voulait danser et elle dit que non, mais qu'il pouvait y aller s'il le souhaitait.

— Je préfère rester ici et parler avec toi. Ça te va ? demanda-t-il.

— J'aimerais beaucoup, répondit-elle.

Ce n'est que lorsque la musique s'arrêta et que les lumières clignotèrent que Lola réalisa que la fête était terminée et qu'il était temps de rentrer. Ils retournèrent à la piste de danse pour déposer leurs assiettes et verres vides. Tom demanda s'il pouvait la raccompagner chez elle et Lola était heureuse qu'il fasse sombre et qu'il ne puisse pas voir l'étendue de son rougissement.

— Oui, merci, dit-elle timidement.

Alors qu'ils commençaient à descendre le chemin, il prit sa main et ils entrelacèrent leurs doigts. Ils marchèrent en silence et entrèrent dans le hall. Il était vide. Ils montèrent les escaliers et s'arrêtèrent devant le dortoir des filles.

— J'ai passé une excellente soirée, dit Tom, posant son autre main sur leurs mains jointes.

— Moi aussi, répondit Lola, souriant d'une oreille à l'autre.

Tom prit leurs mains et les tourna de façon à ce que celle de Lola soit au-dessus et l'embrassa.

— J'espère qu'on pourra passer plus de temps à apprendre à se connaître. Bientôt, dit-il.

— J'aimerais beaucoup. Vraiment beaucoup, répondit Lola, rouge comme une pivoine à cause du baiser sur la main.

Il lâcha sa main et l'attira pour un câlin. Elle le serra fort en retour, s'accrochant un peu trop longtemps parce que son étreinte semblait sortir tout droit du sèche-linge — chaude et électrique !

Il la relâcha et elle recula à contrecœur, le regard fixé sur le sol. Lui faire face maintenant serait gênant, pensa-t-elle. Mais ce ne fut pas le cas. Son regard de minuit croisa le sien et il dit simplement :

— Bonne nuit, Lola.

Comme envoûtée, Lola répondit : « Bonne nuit, Tom », et flotta jusqu'à sa chambre.

CHAPITRE 28

SORCIERS ET MAGICIENS

Lola se préparait pour aller au lit en attendant l'arrivée de Sara. Elle avait tellement de choses à raconter !

Quand elle entra et vit que Lola était déjà au lit, elle leva un doigt et dit :

— Laisse-moi me brosser les dents et prendre mes affaires avant l'extinction des feux. On doit parler.

Elle fila à la salle de bain, revint et sauta sur le lit de Lola.

— Je t'ai à peine vue de toute la soirée. Raconte ! dit-elle.

— Eh bien, j'ai mangé des guimauves grillées avec Tom. Ensuite, j'ai dansé avec tous les garçons qui me l'avaient demandé. Deux fois avec Tom. Puis on a eu une conversation privée et un en-cas sur un banc. C'est tout, dit Lola en souriant.

— Comment ça, c'est tout ? Vous vous êtes embrassés ? demanda-t-elle.

— Non ! s'écria Lola. Enfin, il m'a embrassé la main en me disant bonne nuit, ça compte ?

— Absolument pas ! Vous vous êtes au moins tenus la main ? demanda Sara.

— Oui ! Et il a dit qu'il avait hâte de me voir plus souvent. Oh, et il m'a demandé si je pouvais le présenter à Phyllis pour qu'elle sache qui

189

il est et me laisse aller à sa fête d'anniversaire, enchaîna Lola. Mais le meilleur moment, c'était le câlin avant de se dire bonne nuit. Je ne peux pas décrire ce que j'ai ressenti, mais c'était incroyable, ajouta-t-elle rêveusement.

— Bien, très bien! dit Sara en hochant la tête.

À ce moment-là, les lumières clignotèrent. Deux minutes avant l'extinction des feux. Sara se leva et se dirigea vers son lit.

— Attends, j'ai une nouvelle encore plus excitante à partager! dit Lola.

— Qu'est-ce qui pourrait être plus excitant que ta soirée avec Tom? demanda Sara, incrédule.

— Devine qui t'aime bien, *toi*? demanda Lola avec un sourire béat.

— Qui? dit Sara, juste au moment où les lumières s'éteignaient. Elle se rapprocha de Lola et elles commencèrent à chuchoter.

— Devlin! Il ne t'a pas parlé quand vous avez dansé? demanda Lola.

— Je n'ai pas eu l'occasion de danser avec lui. On a tous dansé en groupe quand tu étais aux abonnés absents. Mais pas de danse formelle, répondit-elle.

— Oh, c'est dommage. Enfin, est-ce qu'il te plaît? demanda Lola.

— Euh, eh bien, je pensais qu'il t'aimait bien, *toi*, esquiva-t-elle.

— Je sais! Moi aussi! Je suis tellement soulagée. Il me considère comme une bonne amie. Tout va bien. Maintenant, tu peux répondre à la question qu'on puisse aller dormir? insista Lola.

— Oui! Il est magnifique et adorable. Il ressemble à un chérubin. Et il est tellement prévenant, soupira Sara en se dirigeant vers son lit.

— Fais de beaux rêves, Sara, dit Lola, à peine plus haut qu'un murmure.

— Toi aussi, Lola, répondit Sara.

LOLA SE RÉVEILLA à sept heures trente et s'étira dans son lit comme si c'était le plus grand des luxes. Ça faisait du bien de faire la grasse

190

matinée. Elle tendit l'oreille, mais aucun son ne provenait du côté du lit de Sara. Elle s'assit, croisa les jambes et commença sa méditation matinale. Elle médita vingt minutes sans être dérangée. En se levant, elle quitta la chambre pour aller aux toilettes et prendre un café. Quand elle revint, Sara dormait toujours. Elle déroula son tapis de yoga et fit sa routine habituelle en ajoutant des étirements supplémentaires pour ses muscles des cuisses et des mollets. Le tonique que la professeure Elderberry lui avait donné avait fait des merveilles. Elle n'avait pas aussi mal qu'elle le pensait, mais ça ne faisait jamais de mal de s'étirer un peu plus.

Elle s'habilla et vérifia l'heure. Si Sara voulait manger, elle devait se lever. Mais elles n'en avaient pas discuté. Peut-être qu'elle avait prévu de sauter complètement le petit-déjeuner. Lola était partagée. *Mieux vaut prévenir que guérir.*

— Sara, chuchota-t-elle.

Il y eut un gémissement.

— Il est huit heures trente, tu viens prendre le petit-déjeuner? demanda Lola, un peu plus fort.

Il y eut un autre gémissement et un hochement de tête. Lola devina que cela voulait dire non et quitta la chambre.

À leur table, Lola était la seule fille. Même le groupe à l'autre bout de la table n'avait que des représentants masculins. Juste elle et les garçons.

— Bonjour, messieurs. Quelle chance de vous avoir tous pour moi toute seule, dit-elle en s'asseyant.

— On se demandait quand tu descendrais. Il n'y avait aucune chance que tu sautes un repas, dit Colin en plaisantant.

— Tu as tout à fait raison, répondit-elle, habituée à cela depuis le temps.

Elle prit une autre dose de caféine et alla voir ce qu'il y avait au buffet.

Il semblait que les gaufres et les pancakes étaient aussi un incontournable du samedi ici. Lola était ravie. Elle plaça une gaufre belge croustillante saupoudrée de sucre sur son assiette. Puis elle ajouta une poignée de baies et les recouvrit de crème fouettée. Elle prit du bacon en accompagnement, quelques morceaux de brie, de la confiture de framboises et un croissant. L'eau lui venait à la bouche. Elle était tellement concentrée sur son assiette qu'elle faillit rentrer dans quelqu'un. Quelqu'un de grand. Elle leva les yeux vers le visage souriant de Tom.

— Je sais que tu n'as pas mangé depuis quinze jours, mais tu devrais vraiment regarder où tu vas, la taquina-t-il.

— Désolée, répondit-elle bêtement, un sourire niais sur le visage.

Elle ne pouvait pas s'empêcher de sourire.

— Il semble y avoir quelques places libres à votre table ; ça te dérange si je me joins à vous ? demanda-t-il.

— Ouais, bien sûr. C'est autorisé ? demanda-t-elle, en regardant vers la table des professeurs. Sir Kravchuk mangeait seul.

— Soyons rebelles ! plaisanta-t-il.

Il la laissa passer devant lui et la suivit jusqu'à la table.

Colin donna un coup de coude à James qui était plongé dans une conversation avec Devlin.

— Quoi ? aboya James.

Colin faisait un signe de tête en direction de Lola.

— Oh, bonjour, Tom. C'est gentil de te joindre à nous, dit-il avec aisance.

Ils s'assirent et commencèrent à manger. Colin se mit à discuter avec Tom de sa prochaine fête d'anniversaire. Il lui demandait des détails sur les thèmes et les costumes. Lola gémit. *Personne ne peut-il organiser une fête où les gens portent des jeans, mangent des chips et boivent du soda ?*

Elle se concentra sur sa nourriture et le délicieux café dont elle ne pouvait se lasser. Elle devrait demander quelle sorte c'était pour qu'ils puissent en acheter pour la maison.

Les garçons avaient fini de manger et ils se levèrent, même ceux à l'autre bout de la table.

— Envie d'une partie de S&M, Tom ? demanda Colin, inconscient des regards que lui lançait James.

Tom leva les yeux et répondit :

— Bien sûr, mais je vous rejoindrai un peu plus tard.

— On sera dans la salle commune, dit Devlin alors qu'ils partaient.

Une fois hors de portée d'oreille, Lola demanda ce qu'était S&M.

— Enfin seuls! s'exclama Tom en remuant les sourcils, ce qui fit rire Lola. C'est comme Donjons et Dragons, mais ça s'appelle Sorciers et Mages, expliqua-t-il.

— Je me demande pourquoi ils ne m'ont pas demandé de jouer, songea-t-elle.

— Ça ne s'appelle pas *Sorcières* et Mages, si? dit-il avec un clin d'œil.

— C'est sexiste! s'indigna-t-elle.

— C'est un jeu de geek, ennuyeux. Tu n'aimerais pas, répondit-il pour l'apaiser.

— Mais je *suis* une geek et je suis ennuyeuse! s'exclama-t-elle.

— Tu es peut-être une geek, mais tu n'es certainement pas ennuyeuse, affirma-t-il.

Lola avait fini sa gaufre et son bacon. Elle trempait la moitié de son croissant dans son café tout en tartinant l'autre moitié de beurre, de confiture et de brie, inconsciente du sourire affectueux sur le visage de Tom.

— Lola, que fais-tu après le petit-déjeuner? demanda Tom.

— J'avais prévu de retourner au lit et de lire un roman jusqu'à ce qu'il soit temps de sortir pour le barbecue, dit-elle avant d'enfourner le dernier morceau de croissant dans sa bouche.

Elle mâcha un peu puis ajouta : « Et toi? »

— J'avais prévu d'aller jouer à des jeux de geek ennuyeux avec les garçons, dit-il. Que dirais-tu d'une petite promenade avant de nous attaquer à ces plans? suggéra-t-il.

— Bien sûr, ça me donnera l'occasion de digérer toute cette nourriture. Je pourrais tomber dans un coma alimentaire si je vais directement au lit, répondit-elle en riant.

— Tu as fini? demanda-t-il, essayant de ne pas sourire.

— Oui, je suis gavée. Allons-y, répondit-elle.

Ils se levèrent et se dirigèrent vers le hall principal puis sortirent.

— Je m'attends toujours à ce que quelqu'un nous demande où nous allons, dit-elle.

— Les règles sont claires et la plupart des étudiants s'y conforment.

Ils n'ont pas vraiment besoin de nous surveiller 24 heures sur 24, 7 jours sur 7, répondit-il.

— Mais qu'en est-il des plus jeunes ? demanda-t-elle.

— Oh, ils sont partis pour une aventure tôt ce matin. Ils seront de retour pour le déjeuner, dit-il de manière énigmatique.

— Raconte ! s'exclama Lola.

— Une sortie scolaire par voyage, je ne sais pas exactement où, mais je me souviens d'en avoir fait ces deux dernières années, expliqua-t-il.

— Oh, nous en avons eu une hier, dit-elle en souriant au souvenir.

— Toi et Devlin ? demanda-t-il.

— Oui. Lady Samsara nous a emmenés à l'école de sa sœur et elles nous ont chacune accompagnés d'un endroit à l'autre. C'était amusant, répondit Lola.

— C'est vrai, tu n'as reçu ta clé que récemment. Je sais que tu n'as pas beaucoup voyagé, mais as-tu déjà utilisé ta clé toute seule ? demanda-t-il alors qu'ils prenaient le chemin menant à l'arrière de l'école.

Comme leurs mains se frôlaient, Tom s'empara de celle de Lola. C'était merveilleux pour Lola. Comme avoir une belle journée, tous les jours.

— Pas vraiment, dit-elle. J'ai hâte de le faire quand le programme d'été sera terminé.

— Je vois. Venir à ma fête va donc être un grand événement ? dit-il en hochant la tête avec compréhension.

— Plus que tu ne le penses ! dit-elle.

— Que veux-tu dire ? demanda-t-il alors qu'ils changeaient de chemin pour faire le tour de l'école par l'avant.

— Je sais que voyager n'importe où prend le même temps et la même énergie, mais Cork est loin de Williamsburg, en Virginie. De plus, c'est une de ces fêtes formelles avec de la danse et du champagne. Aussi charmantes soient-elles, je ne suis jamais vraiment à l'aise. Je viens tout juste de faire mes débuts et je n'ai eu aucune préparation. Il y a deux mois, je vivais dans un appartement sans ascenseur avec ma mère à Baltimore. Puis, tout d'un coup, je suis une héritière, je vis dans un manoir, et j'ai cette clé magique qui me permet de voyager où je veux.

Lola s'arrêta de parler et mit sa main sur sa bouche.

— Je suis désolée, c'était un peu trop de confidences, dit-elle en devenant écarlate.

Tom s'arrêta de marcher et se tourna vers Lola.

— Je suis heureux que tu te sentes assez à l'aise avec moi pour me parler de ta vie, Lola, dit-il avec sincérité. Ça veut dire que tu me fais confiance, ajouta-t-il.

Lola sourit un peu, gênée. Il l'attira pour un câlin et posa son menton sur sa tête.

— Tu peux toujours me parler. Si tu as un problème ou une question, je ferai de mon mieux pour t'aider.

Lola sentit ses genoux faiblir et elle s'accrocha à ses bras. Il sentait comme elle imaginait qu'une publicité de sport sentirait — fort et viril. Il embrassa le sommet de sa tête et caressa ses cheveux à l'arrière de sa tête.

— Reprenons-nous notre promenade, milady ? dit-il en tendant son bras.

Elle le prit et fit semblant de s'éventer en battant des cils.

— Mais oui, monsieur, faisons donc.

Ils retournèrent au hall principal où Tom l'embrassa sur la joue et dit qu'il la verrait au déjeuner. Il se dirigea vers la salle commune et Lola monta dans sa chambre.

CHAPITRE 29
BARBECUE

Lorsque Lola retourna dans la chambre, Sara dormait encore. Elle remit son pyjama, prit son livre et se laissa tomber sur le lit. Son lit était si confortable. Elle se glissa sous les couvertures et essaya de se concentrer sur son livre. Au bout de cinq minutes, elle abandonna et s'endormit.

Quand elle se réveilla, il était midi et elle pouvait entendre Sara écrire à son bureau.

— Salut, Sara, dit-elle en s'asseyant sur son lit et en se frottant les yeux.

— Salut! J'écris à ma mère pour lui demander de m'apporter plus de livres. Donne-moi une minute, répondit-elle de l'autre côté de la cloison de la bibliothèque.

Lola se leva et s'étira. Elle enfila ses vêtements de sport, pensant que ce serait le plus confortable pour un pique-nique en plein air. Une fois habillée, elle alla du côté de Sara et se laissa tomber sur son lit.

Sara était en train de plier la lettre et de l'envoyer. Lola n'avait pas essayé ce tour depuis qu'elle avait renvoyé sa fiche de mensurations à l'école. C'était vraiment cool. Sara portait aussi ses vêtements de sport, ce qui soulagea Lola.

— Bien dormi? demanda Sara en s'asseyant sur le lit près de Lola.

197

— Comme une souche. Et toi ? Tu n'as pas faim ? demanda Lola.

— Je peux facilement sauter le petit-déjeuner et je le fais souvent quand je suis à la maison et que je peux faire la grasse matinée, répondit-elle.

— Compris, pas besoin de te réveiller demain alors ! plaisanta Lola. Dis-moi, à quoi dois-je m'attendre pour le barbecue ? demanda-t-elle.

— Il y aura beaucoup de tables pour manger, mais on peut s'asseoir n'importe où, avec n'importe qui. On peut même s'asseoir dans l'herbe ou ailleurs. Du moment qu'on ramasse après nous. La nourriture sera disposée en buffet sous une pergola.

Lola hocha la tête, mais pensa à quelque chose à demander.

— C'est totalement hors sujet. Mais quand j'ai reçu ma lettre d'admission, elle est apparue dans une enveloppe ordinaire. Elle n'était pas pliée comme tu me l'as montré. Pourquoi ? demanda Lola.

— Le sort de pliage est la façon dont les voyageurs envoient des lettres. Les sorcières et les sorciers ont des hiboux. Il semble que les Hauts Elfes aient leur propre magie postale, répondit Sara.

— Lady Samsara peut voyager comme nous. Tous les professeurs peuvent voyager ? demanda-t-elle.

— Tu en es sûre ? A-t-elle voyagé seule ou t'a-t-elle accompagnée ? Qui a ouvert la porte ? demanda Sara.

— Elle nous a surtout accompagnés. La seule porte que je l'ai vue ouvrir était la porte d'entrée dans le hall principal. Mais elle doit sûrement pouvoir le faire ? C'est la professeure de voyage ! dit Lola.

— Observe-la attentivement et tu auras ta réponse, médita Sara.

— Tu ne veux pas me le dire ? supplia Lola.

— Je n'en suis pas entièrement sûre moi-même. J'ai juste été trop paresseuse pour y réfléchir. Toi, en revanche, tu es curieuse et déterminée. Tu découvriras le fin mot de l'histoire ! dit Sara avec un clin d'œil.

Puis elle vérifia l'heure et dit qu'elles devraient descendre pour le barbecue.

Quand elles arrivèrent à la pergola, la plupart des étudiants et des professeurs étaient déjà là. Elles partirent à la recherche de leurs amis. Les garçons montraient à Devlin comment propulser un objet avec une force magique. Ils utilisaient du pop-corn et essayaient de le faire atterrir dans la bouche des autres. Lenora et Clara discutaient avec la professeure Elderberry, probablement pour faire sa connaissance et se renseigner sur le vol avec elle.

Elles prirent une table et s'assirent ensemble. Ce qui était ironique parce qu'elles s'asseyaient toujours ensemble. La différence étant que le reste de leur classe n'était pas assis avec elles. Elles allèrent au buffet à tour de rôle. Quand Lola y alla avec Sara, elle fut ravie de voir des plats typiques de barbecue : hamburgers, hot-dogs classiques, hot-dogs bavarois avec choucroute, salade de chou, salade de pommes de terre, et un assortiment de condiments et de crudités. Pour le dessert, pour lequel Lola devrait revenir, il y avait trois sortes de tartes : aux pommes, aux noix de pécan et aux cerises.

Il y avait des pichets d'eau et de thé glacé sur leur table. *C'est un cadeau d'exception*, pensa Lola, car leurs repas étaient généralement servis uniquement avec de l'eau, du thé et du café. Sauf au petit-déjeuner, où il y avait du jus fraîchement pressé.

La plupart des étudiants portaient des vêtements de sport. Les garçons disaient qu'ils allaient jouer au football après le déjeuner. Les filles allaient bronzer. Et Lola avait hâte de faire une autre sieste.

Quand elle revint pour le dessert, Tom l'attendait.

— Tu as passé une bonne matinée ? demanda-t-il en coupant un morceau de tarte aux noix de pécan et en demandant à un serveur de la recouvrir de glace.

— Je me suis endormie. J'étais vraiment fatiguée, dit Lola en essayant de trouver comment mettre les trois morceaux de tarte sur la même assiette.

Tom devina son dilemme et alla lui chercher une assiette à dîner au lieu de la minuscule assiette à dessert.

— Mon héros ! dit-elle avec une admiration feinte.

Elle prit des morceaux de taille raisonnable et garnit les tartes aux pommes et aux noix de pécan de glace tandis que celle aux cerises eut droit à de la crème fouettée. Tom rit.

— Tu manges comme un adolescent affamé !

Elle le regarda froidement et se retourna pour retourner à sa table. Il attrapa son bras et dit :

— Non, attends. Je ne fais que plaisanter. Ne pars pas. C'est juste que tu es si mince. Je me demande où tu mets tout ça.

— J'ai déjà tout entendu. Ne t'inquiète pas. On m'appelle la Gastronome maintenant, répondit-elle avec un sourire narquois. Quand je suis arrivée à Williamsburg, Phyllis et Jackson n'arrêtaient pas de dire à quel point j'étais mince et pâle. Je me suis efforcée de manger plus et de prendre un peu de soleil. J'avoue que je n'avais pas beaucoup d'appétit jusqu'à ce qu'on me présente ce genre de nourriture. La nourriture était assez basique avec ma mère, expliqua-t-elle.

— D'accord, notre glace est en train de fondre. Il y a un film en plein air ce soir. C'est censé être une surprise. Tu veux t'asseoir avec moi? demanda-t-il.

— J'en serais ravie, dit-elle avec un sourire.

— À plus tard, alors, dit-il en retournant à sa table.

Lola retourna à la sienne et parla du film en plein air à ses amies. Elles étaient déjà au courant. Pourquoi était-elle surprise?

— Vous savez quel film c'est? demanda-t-elle.

— Non, c'est la surprise. Ils font une soirée cinéma tous les samedis, répondit Lenora.

— Eh bien, ce n'était pas au programme, rétorqua Lola, la bouche pleine de tarte aux cerises.

— C'est une surprise pour les nouveaux élèves. Les petits, et vous deux! dit James en pointant Lola et Devlin du doigt avec un petit rire.

Devlin était très enthousiaste à l'idée d'un cinéma en plein air.

— On allait voir des films dans le parc l'été, ma mère et moi. Ils projetaient toujours des classiques en noir et blanc. C'est ce qui nous a donné envie de danser! dit-il avec nostalgie.

— Ta mère te manque? demanda doucement Lola.

— Oui, nous étions proches. C'était une femme sévère, mais j'étais son petit *älskling*, ce qui veut dire chéri, expliqua-t-il. Ta mère te manque? demanda-t-il à Lola.

— Plus que je ne le pensais. Nous n'étions pas très proches. Ma mère était très froide et réservée, toujours dans son monde. Mais nous formions une équipe. Juste nous deux, dit-elle.

Devlin hocha la tête et soupira. Puis il se leva pour aller chercher un dessert. Lola se versa une tasse de café de la carafe posée sur la table.

Quand tout le monde eut fini, les garçons se dirigèrent vers la pelouse côté est pour faire du sport tandis que les filles allaient s'installer sur les chaises longues de la pelouse sud. Lola dit qu'elle retournait dans sa chambre chercher son livre. Sara lui demanda si elle pouvait prendre le sien sur son bureau.

— Garde-moi une chaise! lança-t-elle en courant vers l'école.

Elle monta rapidement, prit le livre de Sara, puis le sien et se précipita vers la porte, mais se heurta à un mur. Un mur très grand, vêtu d'une robe argentée.

— Monsieur le directeur! s'exclama-t-elle.

— Lola, je vous ai vue monter ici et je me demandais si nous pourrions avoir une autre conversation? suggéra-t-il.

— Euh, bien sûr. Mais Sara attend son livre, et mes amis vont sûrement se demander ce qui m'est arrivé. Ça vous dérange si je vais les voir et que je reviens? dit Lola.

— Bien sûr. Venez directement dans mon bureau, dit-il alors qu'ils descendaient ensemble dans le couloir.

— Tout va bien? demanda nerveusement Lola en ouvrant la porte.

— Oui, tout va bien, ne vous inquiétez pas. C'est juste une discussion, dit-il d'un ton rassurant.

CHAPITRE 30
SANG

Lola était assise nerveusement dans le fauteuil du directeur. Il leur servait du thé, ce qui signifiait que la conversation pouvait prendre de nombreuses directions. Elle savait que son parcours était inhabituel, mais elle pensait sincèrement que son père et sa tante n'avaient rien fait de mal. Si c'était le cas, ils n'en étaient pas conscients.

Après avoir lu Le manuel du voyageur, elle était presque certaine de n'avoir rien fait d'interdit lors de son voyage à Florence, en Italie, à la recherche de Phyllis.

— Détendez-vous, Lola, vous n'avez pas d'ennuis, dit le directeur.

Ses yeux se tournèrent vers lui alors qu'il posait le plateau de thé sur la table entre eux.

— Avez-vous lu dans mes pensées ? demanda-t-elle, inquiète.

— Je n'en ai pas eu besoin. L'expression de votre visage en dit long à elle seule. N'oubliez pas, je suis directeur d'école, les élèves turbulents font partie de ma description de poste, dit-il en essayant de plaisanter.

Lola sourit et accepta la tasse qu'il lui avait servie. La sienne était de taille normale, mais celle du directeur était plus grande. Elle souffla sur le thé et en prit une gorgée. C'était épicé et corsé, et elle aimait ça.

— C'est mon mélange préféré, le Double Spice Masala Chai Tea, dit-il en voyant sa réaction.

Elle continua à boire son thé et attendit qu'il commence.

— Comme vous le savez, Lola, j'ai rencontré votre tante jeudi dernier. Une femme charmante, commença-t-il, et Lola sourit.

— Elle m'a donné un aperçu de l'utilisation des clés dans sa famille aussi loin qu'elle s'en souvienne. Ses parents ne lui ont jamais parlé d'avoir fréquenté eux-mêmes une école spéciale et on n'attendait pas d'elle qu'elle le fasse non plus, ni de votre père. J'ai demandé à quelqu'un de consulter nos archives de fréquentation et, en effet, aucun Evers n'a jamais été inscrit. Ce qui soulève la question de savoir comment votre famille a obtenu les clés. J'ai demandé à votre tante une copie de votre arbre généalogique, car nous pourrions y trouver la réponse. Cela pourrait aussi expliquer pourquoi vous aviez une copie des Archives. Avant que j'oublie, soyez rassurée, le livre n'a pas été volé, il est simplement retourné dans le coffre de votre avocat.

Lola soupira de soulagement et hocha la tête pour qu'il continue.

— J'ai également eu une conversation avec M. Radcliff senior. Il rapporte que depuis aussi longtemps qu'il y a eu des Evers avec des clés, il y a eu des Radcliff travaillant en tant qu'avocats. J'ai également demandé des informations sur l'ascendance de leur famille. Plus précisément, quand ils sont arrivés dans les Colonies, les États-Unis comme on les connaît aujourd'hui.

Le directeur se leva et commença à faire les cent pas dans la pièce tout en parlant. Lola buvait son thé et suivait sa progression.

— Peut-être que les Evers et les Radcliff sont venus d'un pays européen, suggéra Lola.

— Oui, c'est ce que je pense. M. Radcliff senior avait un léger accent britannique. Je pense aussi que le premier Evers arrivé aux États-Unis a peut-être épousé une détentrice de clé, dernière de sa lignée, qui avait en quelque sorte conservé plusieurs clés. Sinon, l'un de tes ancêtres a peut-être appris à un moment donné à dupliquer les clés. C'est très inquiétant, car on ne sait combien de clés sont en circulation, dit-il, presque pour lui-même.

— Monsieur, pourquoi est-ce inquiétant si une personne ordinaire ne peut pas utiliser une clé pour ouvrir une porte de voyage? demanda Lola.

— C'est vrai, ils ne le pourraient pas. D'après nos recherches, nous avons déduit que le voyage est un gène qui prédispose le porteur à utiliser la magie dans les clés, expliqua-t-il.

— Alors pourquoi est-ce un problème s'il y a des clés supplémentaires? demanda-t-elle.

— Eh bien, parce que les clés sont magiques. Elles pourraient être utilisées à d'autres fins par des êtres magiques qui souhaitent augmenter leur puissance, et cela ne mène jamais à des résultats positifs. Si les clés ont été dupliquées, il aurait fallu un sorcier très puissant pour insuffler la magie nécessaire dans chaque clé. Et pour autant que nous sachions, aucun des sorciers vivants aujourd'hui ne saurait même par où commencer pour accomplir un tel exploit.

Lola fit un O avec sa bouche et écarta l'idée qu'elle pourrait utiliser le sort de duplication sur n'importe quel artefact magique.

On frappa à la porte. Le directeur posa sa tasse sur la table, alla ouvrir et fit entrer Devlin. Il parut surpris de voir Lola, tout comme Lola de le voir.

— Parfait timing, M. Johansson. Veuillez prendre mon siège, je vais rester debout, dit le directeur en désignant le fauteuil.

— Maintenant, la raison pour laquelle je vous ai appelés tous les deux est que j'ai des nouvelles plutôt délicates à partager avec vous. Voulez-vous du thé, Devlin? demanda-t-il.

Devlin secoua la tête. Le directeur semblait réfléchir à ses nouvelles, peut-être en décidant de la meilleure façon de les leur annoncer. Lola devenait anxieuse. Il avait laissé entendre que le fait que leurs mères soient mortes à une semaine d'intervalle n'était peut-être pas un accident. Le fait que la mère de Lola soit morte d'un cancer rendait cela un peu difficile à croire. Mais comme il n'avait pas encore abordé le sujet avec elle, c'était peut-être ce qu'il essayait de faire maintenant.

— Devlin, votre nom de famille est celui de votre mère, n'est-ce pas? demanda-t-il.

— Oui, monsieur. Comme mon père est mort avant ma naissance

et que mes parents n'étaient pas mariés, ma mère m'a donné son nom de famille, expliqua Devlin.

— Bien, c'est ce que je pensais. Eh bien, les enfants, voilà. J'ai la forte impression que vous êtes tous les deux les enfants de Simon Evers. En effet, cela ferait de vous des demi-frère et sœur, déclara-t-il, et il attendit leur réaction.

— Quoi ? C'est impossible ! s'écria Lola.

— Mon père est mort avant ma naissance. Le père de Lola est mort quand elle avait deux ans, protesta Devlin.

— Il me l'aurait dit si j'avais un demi-frère. Cela serait au moins ressorti lors de la lecture de son testament, dit Lola, essayant de rester calme et pragmatique.

Devlin allait dire quelque chose, mais le directeur leva la main pour les faire taire tous les deux.

— Si vous êtes d'accord, Mme Chevniak, notre infirmière, pourrait prélever du sang à tous les deux pour vérifier mon hypothèse. En attendant, voici les faits que j'ai rassemblés. Notre enquêteur s'est penché sur quelques questions, notamment sur l'endroit où se trouvaient vos parents au moment de votre naissance. Devlin, sur le formulaire d'admission à l'hôpital, sous la rubrique *Père*, ta mère a écrit *inconnu*. Nous ne pouvons pas l'exclure. Tu es né à terme, ce qui situe ta conception vers septembre 2002. Selon nos recherches, Simon Evers était inscrit à un cours de trois semaines à l'Institut royal d'art de Stockholm à cette époque. Il a peut-être rencontré et séduit la jeune Mme Johansson. Souvenez-vous, c'était deux ans avant qu'il ne rencontre la mère de Lola. Il est fort possible que Simon n'ait jamais été informé de la grossesse parce que la mère de Devlin n'avait aucun moyen de le contacter en raison de leur brève relation. De plus, vous êtes tous les deux des voyageurs spéciaux, ce qui en soi est rare et provient généralement de la même lignée ancestrale. Au minimum, cela ferait de vous des cousins éloignés, conclut le directeur.

Lola et Devlin assimilèrent d'abord la nouvelle en silence. Puis, ils se regardèrent et exprimèrent leurs doutes respectifs.

— Mais nous ne nous ressemblons pas du tout, s'écria Lola.

— Et la plupart de ces faits ne sont que des possibilités, dit Devlin.

— Devlin, cela signifierait que non seulement tu es l'héritier, mais aussi le Gardien ! dit Lola, pâlissant un peu.

— Oh, je, non, balbutia-t-il, cherchant une réponse.

Puis, se reprenant, il dit :

— L'héritier ne doit-il pas être un enfant légitime ?

Lola acquiesça. Cela n'avait pas vraiment d'importance, pensait-elle. Il y avait plus qu'assez d'argent pour tout le monde. Puis, se réchauffant à l'idée, elle ajouta :

— Mais si c'est vrai, je suis sûre que les avocats régleront tout ça. Le plus important, c'est que tu pourrais venir vivre avec Phyllis et moi. Il y a plein de place.

— Ne nous emballons pas. D'abord le test sanguin, ensuite les résultats, dit le directeur.

— Quand pourrons-nous faire le test et quand aurons-nous les résultats ? demanda Devlin avec anxiété.

— Nous pouvons les faire immédiatement et nous aurons les résultats instantanément, répondit le directeur.

— Comment est-ce possible ? Il faudrait des semaines pour obtenir les résultats d'un laboratoire, dit Lola.

— Vous oubliez que c'est une école de magie ! répliqua-t-il en allant à son bureau et en prenant un téléphone d'apparence ancienne sans numéros à composer. Oui, pourriez-vous nous envoyer Mme Chevniak ? Dites-lui d'apporter son matériel, dit-il dans le combiné.

— Ce ne sera qu'un instant, dit-il et il retourna se tenir près de la cheminée.

— S'il s'avère qu'il est mon frère, et le Gardien, puis-je quand même fréquenter l'école ici à l'automne ? demanda Lola, visiblement bouleversée par cette éventualité.

— Oui, tu as déjà reçu ta lettre d'admission. Nous ne la révoquerons pas maintenant à cause de cela. Plus que jamais, nous voudrions vous garder ensemble, dit le directeur.

Il y eut un bref coup à la porte et elle s'ouvrit. Mme Chevniak fit une légère révérence au directeur et se dirigea vers Lola et Devlin. Son *matériel* n'était pas du tout ce à quoi Lola s'attendait. Il n'y avait ni aiguilles ni tubes. Elle sortit deux pochettes stérilisées contenant chacune un petit outil chirurgical pour piquer leurs doigts. Elle pressa quelques gouttes du sang de Lola sur la plaque de verre qui se trouvait dans la pochette. Elle fit de même pour Devlin. Puis elle prit une goutte de sang de chacun et les combina sur une autre plaque de verre. Elle passa sa main au-dessus de leur sang combiné et il devint vert.

— Vous êtes apparentés, et suffisamment proches pour devoir éviter tout mariage, ou de faire des enfants, dit-elle, mais elle n'avait pas terminé.

Ensuite, elle sortit deux autres pochettes stérilisées. Celles-ci contenaient ce qui ressemblait à des plumes d'écriture. Elle trempa la première plume dans le sang de Lola. Elle sortit un morceau de parchemin, ferma les yeux et commença à écrire. Quand elle ouvrit les yeux, elle montra le parchemin à Lola.

— Ce sont les noms de tes parents ? demanda-t-elle.

Lola avala sa salive et lut : « *Elaine Sophie Harris et Simon Bartholomew Evers* ». Elle avait une boule dans la gorge et tout ce qu'elle put faire fut d'acquiescer.

Mme Chevniak prit l'autre plume et un autre parchemin et répéta le processus avec le sang de Devlin.

— Ce sont les noms de tes parents ? demanda-t-elle.

Devlin prit le papier et le fixa. Lola se pencha dans sa direction pour voir ce qui était écrit.

Il le lut à haute voix pour que tous l'entendent : « *Alice Maja Johansson et Simon Bartholomew Evers.* »

Fin

Si vous avez apprécié ce livre, merci de laisser un avis sur Goodreads ou votre plateforme préférée. Les avis m'aident à atteindre de nouveaux lecteurs.

Lisez **La marcheuse du temps**, le prochain livre de de *La série Evers*.

Rejoignez ma Newsletter pour des mises à jour sur mes écrits, des promotions et des cadeaux !

À PROPOS DE L'AUTEURE

Des histoires positives et inspirantes.

Marie-Hélène vit à Sherbrooke, au Québec. Enseignante à la retraite, elle consacre désormais ses journées à l'écriture et à la promotion de ses oeuvres. Elle aime lire, voyager et aller à la plage. Chaque année, elle part un mois en solo vers une nouvelle partie du monde.
www.mhlebeault.com

Suivez-la sur les réseaux sociaux !

facebook.com/mhlebeaultauthor
x.com/mhlebeault
instagram.com/mhlebeault
amazon.com/author/mhlebeault
bookbub.com/authors/marie-helene-lebeault
goodreads.com/mhlebeault
linkedin.com/in/mhlebeault
tiktok.com/@mhlebeaultauthor

AUTRES LIVRES DE L'AUTEURE

La série Evers - Littérature jeunesse fantastique

La clé des ancêtres

L'académie

La marcheuse du temps

Le voyageur des mondes

La clé perdue

Magie de sang - Littérature jeunesse fantastique

Mage de sang

Magie de sang

Héritage de sang

Il était une malédiction - Romance fantastique

Une malédiction de neige et de cendres

Une malédiction d'épines et de torpeur

Une malédiction de verre et d'ombres

Une malédiction d'argent et de blessures

Université du Pôle Nord - Romance paranormale

Métamorphes de Noël

Le gardien du serment (Gratuit)

Givre de Noël

Solstice de Noël

Malédiction de Noël

Étincelle de Noël

Félicité Conjugale

Inadaptés du gui

Hors série

Les douze vies de Clare - Réalisme magique

Utopie - Science fiction

Chroniques des cadets interstellaires - Science fiction

Frissons Nocturnes - Suspense/Horreur

Défenseurs du Royaume

Le combat de la flamme sacrée (Gratuit)

L'éveil du pouvoir

La quête du crotale d'émeraude

Un été de révélations

La quête de l'arbre primordial

Un été des contraires

La quête de la plume spectrale

Un été d'épreuves

La quête de l'encre du Kraken

Un été de prophétie

La quête des miroirs ensorcelés

Un été d'alliance

Fée grand-mère - Albums jeunesse pour les 3 à 7 ans

Mimi visite l'Antarctique

Mimi visite le Pôle Nord

Mimi visite la Chine

Mimi visite l'Afrique

www.ingramcontent.com/pod-product-compliance
Lightning Source LLC
Chambersburg PA
CBHW031309280626
47169CB00017B/1068